存在しない時間の中で
山田宗樹
角川春樹事務所

存在しない時間の中で

この問題は決して考えないほうがいいよ（中略）つまり神はあるか、ないかという問題はね。これはすべて、三次元についてしか概念を持たぬように創られた頭脳には、まるきり似つかわしくない問題なんだよ。

ドストエフスキー『カラマーゾフの兄弟』原卓也訳　新潮文庫

挿画　浜野　史
装幀　米谷テツヤ

第一部

第一章　カピッツァ・クラブ

1

神谷春海《かみやはるみ》が立ち上がった。

それだけで場の空気が引き締まる。

「みんな揃《そろ》ったね」

僕は首を回してメンバーを確認した。

「チェンがまだだけど」

「チェンなら欠席の連絡をもらってる。先週から帰国してるみたい」

「へえ、そうなの」

「きょうの講師はだれ」

「あ、ぼくです」

手を挙げたのは小野太一《おのたいち》くん。

「小野くんか。久しぶりじゃない？」

「すみません。ここんとこ忙しくて」

「じゃ始めて」

「はい」

小野くんが、事前に準備しておいた資料を手に、緊張した面もちで腰を上げる。がんばれよ、と掛かった声に、気張った笑みで応《こた》え、前方のホワイトボードに向かって一歩踏み出したそのときだった。

ノックもなくドアが開き、一人の男性が現れた。といっても小柄で少年の面影が濃く、二十歳に届いていないかもしれない。

見覚えはなかった。それはほかのメンバーも同様らしく、思いがけない闖入者《ちんにゅうしゃ》を無言で凝視している。

その男性というか青年は、僕たちの訝《いぶか》る視線を平然と受け止め、爽《さわ》やかな笑みを返してきた。間違えてこの部屋のドアを開けたわけではなさそうだ。ならば、いったいなんの——。

僕たちが戸惑っている間に、青年はするりと中に入ってきて、これから小野くんが使うはずだったホワイトボードのマーカーを手に取り、キャップを外した。

「ちょ、ちょっと待って」

神谷春海がようやく反応する。

「あなた、だれ。ここがなにかわかってる?」

それでも揺るがない鉄の笑みは、凄腕《すごうで》のセールス職か新興宗教の勧誘者を思わせる。しかし、こんなところで宗教の勧誘はあり得ない。ここは、宗教からもっとも遠く離れた場所だ。

「あのねぇ」

神谷春海の声が甲高くなった。

小野くんがビクッと震える。

「いまセミナー中だから出てってくれる」

中途半端なアイデアや話には辛辣《しんらつ》きわまる批判を浴びせることで〈歩く神罰〉とあだ名される彼女に、文字どおり泣かされた大学院生は数知れない。さっきから資料を手にしたまま寄る辺なげに突っ立っている小野くんもその一人だ。

ところが青年は、神谷の恫喝《どうかつ》に等しい要請を意に介さず、ホワイトボードにマーカーを走らせはじめた。

「うわ」

小野くんが怖々と神谷の顔色を窺《うかが》う。

彼の心配は的中し、神谷の顔を染めていた苛立《いらだ》ちが、たちまち別のものへと変わった。その口からいまにもゼウスの怒りが轟《とどろ》くかと身構えたとき。

「神谷」

低い声で制止したのは、春日井《かすがい》健吾《けんご》だった。なに、と睨《にら》みつける神谷に、あれ見ろよ、と首を動かしてホワイトボードを示す。

青年が白い平原に書き連ねているのは、健康器具のキャッチコピーでもなければ神を讃《たた》える言葉でもなく、数式だった。しかもその冒頭の関係式は、僕たちにも大いに馴染《なじ》みがある。

「これって、AdS／CFT対応の……」

ほかのメンバーからも声が漏れた。

「ああ、そういうこと」

神谷が呆《あき》れたようにため息を吐《つ》く。

僕も健吾と苦笑を交わした。

事情がわかれば他愛ない。というか、その可能性に思い至らなかったのが不思議なくらいだ。初見の者がここに来るとすれば、それ以外の理由がないではないか。

「あなた、入会希望者ってわけね。このカピッツァ・クラブへの」

天山大学《てんざんだいがく》のキャンパス内にある天文数物研究機構（AMPRO）には、世界各国から百名以上の研究者や大学院生が集まり、宇宙の始まりや仕組みなどの根源的な疑問に答えるべく、日夜研究に取り組んでいる。建物にはいささか老朽化の兆しが目に付くとはいえ、日本を代表する世界水準の研究機関の一つといっていいだろう。

カピッツァ・クラブとは、若手研究者や院生の研鑽《けんさん》を目的に、神谷春海と春日井健吾、そして僕が中心となって創設した自主セミナーグループだ。毎週火曜日の午後五時からこの3号セミナー室に集まり、原則として一人ずつ持ち回りで最先端の論文やテーマを取り上げ、みなに講義をする。メンバーは変動するが、現在は僕たち三人を入れて九名。専門も、理論物理学、数学、天文学など多彩だ。

ちなみにグループ名は、ロシアのノーベル賞物理学者ピョートル・カピッツァがケンブリッジ大学時代に創設した研究会、その名も〈カピッツァ・クラブ〉から拝借している。最初は、神谷、春日井、そして僕、平城《へいじょう》のイニシャルを取ってKKHセミナーとでもするつもりだったのだが、神谷がカピッツァの大ファンとのことで、ほとんど彼女の独断でこの名称に決着したのだった。

我らがカピッツァ・クラブに入会するための条件は一つだけ。本家のカピッツァ・クラブがそうであったように、まず講師となってみなの前で話をすること。この青年も、それをどこかで聞き込んだのだろう。

ただ、AMPROに所属しているのなら、顔を見ればわかるはずだ。新しく院生やビジター研究員が入ったという知らせも聞いていない。となると学部生か。

学部生でも、講師としてちゃんと話ができれば入会は可能だが、講義の出来によっては厳しい質問や批判を浴び、もっとはっきりいうとボコボコにされ、若い心に大きな傷を残しかねない。いきなりAMPROのセミナーに乱入する剛胆さと自信は見上げたものだが、果たしてどこまで通用するか。なにしろここには〈歩く神罰〉神谷春海がいる。

「でもね、入会を希望するなら、相応の手順を踏みなさい。きょうの講師はここにいる小野くんだから、あなたの話を聞いてる時間はないよ」

「あ、いや、ぼくは次回でも」

そそくさと自分の席にもどろうとする小野くんが、

「ちょっと」

神谷の声にぴんと背を伸ばした。

「人の話を聞くときは手を止めなさい」

あの青年はまだ数式を書き続けていた。小さな、しかし丁寧で見やすい英数字や記号が、まるで機械で印字されているかのように、一定のリズムで空白を潰《つぶ》していく。彼の手元にはメモの一枚もない。すべて頭に入っているらしい。早くも幅二メートル近いボードの左半分を使い切り、右側に移った。

「手を止めなさいと……」

神谷のいっそう甲高くなった声が、空中で止まった。

「どうした」

健吾の声にも反応がない。

神谷の目は、ホワイトボードの左半分に釘付《くぎづ》けになっていた。口は少し開いたまま、凍りついたように動かない。

僕は健吾と顔を見合わせてから、そこに展開されている数理を目で追う。

さっきもだれかがいったとおり、起点はＡｄＳ／ＣＦＴ対応。それに数学的操作を加えることで、なんらかの新しい結論にたどり着こうとしているようだ。

これもまた大胆な挑戦だった。カピッツァ・クラブへの入会にあたり、最初にがつんとインパクトを与えてやろうという腹づもりかもしれないが、そしてそれは才気走った学生にありがちな行動でもあるのだが、さすがに今回ばかりは無謀ではないか。

Ｊ・マルダセナによってＡｄＳ／ＣＦＴ対応が発見されてから二十年以上、数え切れないほどの研究者が、このモデルを用いて成果を上げてきた。中には、その後の理論物理学の発展に大きく貢献した研究も少なくない。いまさら学部生レベルが多少学んだところで、新たな発見に到達できるとは思えない。

しかし神谷はまだホワイトボードを見つめている。思い出したように瞬《まばた》きをする以外、ほとんど動かない。彼女の心を奪うものが、そこにはあるということだ。僕らには見えないなにかが。

「気になることでも」

「なんか、変なんだよね。あの流れ」

「そうか?」

と健吾がホワイトボードに目を眇《すが》めて、

「いまのところ、数学的に矛盾はないようだが」

「そういうことじゃなくて」

見る間に右半分も数式で埋まり、書く場所がなくなった。

青年が、思案するように静止した後、おもむろにマーカーをイレーザーに持ち替える。そして左半分の数式群を消そうと勢いよく腕を伸ばした瞬間、凄《すさ》まじい悲鳴が響きわたった。

神谷だ。

「だめ消さないでっ！」

いいながらスマホを取り出し、ホワイトボードを撮影する。

僕たちもあわてて彼女に倣った。


物理学者は、数学的に解析できなければ、その物理現象を理解したとは考えない。どれほど魅力的な仮説も、数式の形で表現できないものを、理論やモデルとは見なさない。しかし、いったん数式として定義し、それが正しいと証明されれば、そのモデルを土台に論理を積み上げることで新たな数式を導き出し、自然界の思いも寄らない秘密を暴くこともある。

古典的な例を上げよう。

ハイゼンベルクの行列力学と、シュレーディンガーの波動力学は、どちらも量子の振る舞いを記述することを目的とした理論だったが、片や行列代数を、片や波動方程式を用いており、その数式の見た目は日本語と英語ほども違う。なのに、なぜか計算結果はことごとく一致した。

面白くないのはハイゼンベルクとシュレーディンガーだ。二人は自分の理論こそ自然を正しく記述していると主張し、相手の理論を「ガラクタ」だの「ぞっとする」だのとこき下ろした。

結局、この勝負の決着はつかなかった。ハイゼンベルクの行列代数に一連の数学的操作を加えると、シュレーディンガーの波動方程式に辿《たど》り着けることが、そして当然その逆も可能であることが判明したからだ。無関係に見えた二つのライバル理論は、その深奥部で、数学という一本のロープで繋《つな》がっていた。粒子であると同時に波であるという量子の本質を、彼らの数式は見事に表現していたのだ。

ＡｄＳ／ＣＦＴ対応は、超弦理論から数学的に導き出されたモデルで、なぜこの対応関係が成り立つのか完全に解明されたわけではないが、これまでのすべての検証にパスしており、多くの研究者が正しさを確信している。あの青年は、この強固な理論に数学というロープの一端をくくりつけ、そのロープを握りしめ、そのロープだけを頼りに、だれも入ったことのない深い洞窟《どうくつ》に降りていこうとしている。

彼の手は休むことなく数式を刻みつづける。僕たちはひたすら追いかけるしかない。入り口の光は、もう届かない。手元の微《かす》かな灯《あか》りに照らされた、目の前の岩の凹凸を辿るのが精一杯だ。いま自分たちがどこにいるのか。どこへ向かっているのか。この洞窟の先になにがあるのか。青年はさらに奥へと進んでいく。僕たちは後を付いていく。

二時間後。

僕たちは言葉もなく、結論として最後に記されている、インクのかすれた、しかし奇妙に美しい不等式を見つめていた。

予備のマーカーも使い果たし、ホワイトボード二十三枚に及ぶ数式を踏破した先に広がっていたのは、人類の宇宙観を一変させかねない光景だった。

「か、解説を――」

神谷がいいかけたとき、ドアの閉まる音がした。

はっと振り向くと、青年の姿がない。

「ふっざけんなっ！」

神谷が罵声《ばせい》を吐きながら廊下に飛び出した。

「もどってきなさい！　ちゃんと説明して！」

しかし彼女の叫びに応える気配はない。

呆然《ぼうぜん》と立ち尽くしていた神谷が、憔悴《しょうすい》した様子でもどってくる。

「彼は？」

僕の問いかけにも、目を合わせないまま首を横に振る。

「なあ、神谷くん」

カピッツァ・クラブの面々が、ホワイトボードの前に集まっていた。

「これが正しいとすれば、大変なことだよ。さすがにまさかとは思うけど」

メンバーの一人、沢野博史《さわのひろし》が重い声でいった。長身、長髪でロックミュージシャンのような風《ふう》貌《ぼう》の彼も、僕や神谷と同じく理論物理学が専門で、だからこそ、この結論の重大さを理解できるのだ。対照的に、小野くんを初めとする残り四名の院生は、いまいちピンと来ていないようだった。

神谷が、気を取り直すように顔を上げ、健吾に目を向ける。

「数理は間違ってない？」

「わからない」

健吾の専門は数学で、ＡＭＰＲＯでは場の量子論に関連した数学を研究している。

「途中、引っかかった箇所がないわけじゃない。だが、検証するには時間が掛かる」

「やってくれる？」

青年の積み上げた数学的論理に、わずかでも穴や矛盾があれば、いかに重大なことを語っていようと、この結論に意味はない。ホワイトボード二十三枚分の数式すべてが、壮大な虚構ということになる。

「やるさ。鉱脈の匂《にお》いがする」

フィールズ賞を狙《ねら》っていると常々公言している健吾だ。数学者の勘がなにかを告げているのかもしれない。

「しかし、何者なんだ、あいつ」

2

係員に案内された部屋は、思っていたより狭く、あまり換気もされていないようだった。唯一の窓も閉めてあり、そこから入ってくるのは午後の鈍い光だけだ。

右側の壁に沿って、スチール製の小型ケージが十台、二段に重ねて並べてある。中にいるのは、生まれてから半年も経《た》っていないような子ばかり。どの子の表情もあどけなく、自分の置かれた状況を理解しているようには見えない。

係員によると、この子たちがここにいられるのは、あと一日から五日で、期限が過ぎると、県の動物管理センターに移される。運がよければ、そこで飼い主が現れるまで生かしてもらえるが、そうでない大半のケースでは、殺処分の対象になる。世論の反発もあって、可能なかぎり殺処分の数を減らすよう努力はされているが、人員や飼育スペースなどの制約もあり、おのずと限界がある。

おそらく、この子たちも、そう長くない先に、炭酸ガスを浴びることになる。そんな未来が透けて見えるせいで、こんなに可愛《かわい》いのに、こんなに可愛いからこそ、ここの空気は重苦しく、暗いのだろう。

でも、自分がこの部屋に一歩踏み入れたときから、この子たちの上に、希望という霞《かすみ》がうっすらと広がった。未来が変わる希望だ。もちろん希望は単なる可能性に過ぎない。自分がここを立ち去れば、虚《むな》しく消滅する。霞が一瞬で溶けるように。

莉央《りお》は、いちばん奥のケージから、時間をかけて見ていく。多いのは、キジトラや茶トラのような虎縞《とらじま》系で、ほかにはキジ白、黒白、三毛、黒単色など。みんな顔を上げ、澄んだ丸い目を、莉央に向けてくる。弱々しく儚《はかな》い声で、にゃあ、と鳴く。

自分がこの中のだれかを指さした瞬間、うすく広がっていた希望の霞は一点に収束し、運命となる。この子たちにとって、まさしく神の位置にいるのだ。それが、一種の陶酔をともなう体験であることは、認めざるを得ない。

しかし、莉央は知っている。

その力は、行使すると同時に、重い責任へと変わることを。

「おめでとう」

莉央は、真っ黒なその子に、移送までの期限があと一日しか残っていなかったその子に、優しく声をかけた。

「わたしがあなたを幸せにする」

3

春日井健吾はいつも、まぶたが半分閉じたような、眠たげな目をしている。きょうもそうだ。ときおりブラックのコーヒーで口を湿らせながら、いま自分が取り組んでいるテーマとその進捗《しんちょく》状況について説明している。

説明してくれと僕が頼んだわけじゃない。健吾が勝手に僕の居室に来て、勝手に僕の黒板を使い、勝手にしゃべるのだ。僕は忙しいときは無視するが（そのための耳栓も用意してある）、そうでないときは健吾の話に耳を傾ける。健吾は気が済んだら帰っていく。

「アキラに話すと頭の中が整理できる。神谷みたいに、いちいち口を挟まないからな」

ああ、自己紹介が遅れた。僕の名前は平城アキラ。ＡＭＰＲＯの特任研究員だ。特任ということはつまり、一年ごとの年俸契約で雇われているわけで、契約が更新されるか否かは、任用期間内に研究成果を出せるかどうかに左右される。けっこう辛《つら》い立場ではあるのだが、ここはポスドクの窮状を訴える場ではないので、この辺にしておこう。

ＡＭＰＲＯでは、特任研究員も居室をもらえる。これがなかなか居心地のいい部屋で、ほどよくこぢんまりとした縦長のスペースに、机と椅子《いす》、本棚、黒板のほか、小さな流し台まで設《しつら》えてあってコーヒーくらいなら自分で淹《い》れられる。

じつは僕の部屋には健吾用のコーヒーカップも置いてある。というより彼が勝手に置いている。そうして僕のコーヒーを勝手に使って飲む。しかも自分のカップを洗わずに帰る。図々《ずうずう》しいにもほどがある。

「自分の部屋から持ってくるのは面倒くさい。途中でこぼしでもしたら掃除する人が大変だ（自分ですするつもりはないらしい）。それに俺《おれ》は洗い物が下手で、すぐ周りを水浸しにしてしまう（だから自分で以下略」

ただし、僕の居室に椅子は一つしかないので、健吾は来るときに折りたたみ式の簡易チェアを持ってくる。さすがにこれは置きっぱなしというわけにはいかない。健吾はそれを望んだが、僕が却下した。

「邪魔だ」

健吾が一方的にしゃべるばかりでなく、僕が自分の仕事について話すこともある。そういうときは健吾も興味を示して聞いてくれる。こうして互いに仕事のことを話すと、たしかに頭の中も整理できるし、相手の話から思わぬヒントを得ることも多い。不思議なことに、数学の世界で現れるものと同じパターンが、なぜか物理学の世界でも確認されるケースは少なくない。まるで二つの領域が、深いところでシンクロしているかのように。

「ところで、あれ、どうなった」

健吾の話が一区切りついたところで、僕は切り出した。

「ああ、あれか」

健吾がチョークを黒板にもどしてから、僕の机の上に置いてあったコーヒーカップを手に取り、簡易チェアに腰を落ち着ける。

「まだ結論は出てない」

例の青年の一件があってから、そろそろ一カ月が経とうとしている。その間、進展はまったくなかった。青年の正体も依然として不明だ。

「知り合いの数学者に片っ端からメールしてるんだが、だれにも思い当たるものがないらしい」

青年の書き残した一連の数式には、大きな穴がある。健吾がそう報告したのは、あの青年が現れた翌週のカピッツァ・クラブのときだ。

「ただし」

と健吾はその場で付け加えた。

「穴を埋める数学理論が存在する可能性はあります」

以来、その数学理論を探しているとのことだが、これがなかなか一筋縄ではいかないようだ。

現代数学は極度に細分化されており、一歩自分の領域を出ると、言葉も通じない異国に迷い込んだようなものだからだ。理解しようと思ったら、まず言葉を翻訳する辞書から用意しなければならない。それに、自分の本来の仕事を疎《おろそ》かにすることもできない。

「あれは根本的に間違ってるってことじゃないの？」

健吾はコーヒーカップを手にしたまま首を横に振った。

「あの一連の数学的操作には、たしかに途中に穴が開いてるように見える。だが、たぶん、そうじゃない」

「なぜそういえる」

「具体的な根拠はないが、数理の流れがどうにも妙だ。なんというか、底知れなさを感じさせる」

「神谷もそんなことをいってたな」

「あいつは最初の数行でそれを見抜いた。さすがだよ」

「で、健吾の見立ては？」

眠そうな目をさらに細める。

「穴に見えるだけで、その実、透明な蓋《ふた》でふさがれている」

「その透明な蓋が、どこかにあるはずの数学理論だと？」

「あるいは……」

健吾が言いよどむ。

「なんだ」

「……まだ創出されていない数学分野の理論か」

「未知の数学理論?」

我に返ったように息を吸って、

「すべては俺の勘だ。さっきもいったように、根拠はない」

意外に思われるかもしれないが、数学者はこういう本能的ともいえる直感を重視する。

「しかし、もし仮に、そんなものをあの青年が一人で築き上げたとすれば」

ああ、と健吾がうなずく。

「あの坊やは、ガロア級の天才だということになる」

一八三二年五月三十日、決闘によって命を落とした数学の神童。それがエヴァリスト・ガロアだ。享年二十。伝説によると、決闘前夜、死を覚悟した彼は、蠟燭《ろうそく》の灯りに照らされながら、数の対称変換についての論考を書き残した。しかしそれは、あまりにも時代を先取りし過ぎていたため、ほかの数学者に理解されるまで五十年という歳月が必要だった。現在、彼が発見した対称群はガロア群と呼ばれ、現代数学を支える柱の一つとなっている。

「だが俺たちは、現代のガロアくんがどこのだれかも知らない」

AMPROの建物に入るにはセキュリティゲートを通らなければならないが、学部生でも申請さえすれば、一部の区域をのぞいて立ち入りは可能だ。カピッツァ・クラブで使う3号セミナー室は、その可能な区域に含まれるので、学部生がいても不思議ではない。

ところが、当日の入館記録を調べてもらっても、該当しそうな学部生はおろか、他所《よそ》からの来訪者すらいなかったという。それだけではない。僕たち以外にあの青年を見かけた者が一人もおらず、各所に設置された防犯カメラにもいっさい映っていなかったのだ。

これらの事実を素直に解釈すれば、あの青年はカピッツァ・クラブのセミナーに乱入する直前に空中から姿を現し、ホワイトボード二十三枚分の数式を書き終えて部屋を出た直後に空中へと消えたことになる。

「なあ、アキラ」

健吾がコーヒーカップを僕の机に置いた。

「あらためて確認させてくれ。あの最後の不等式は、物理学的にはなにを語ってる」

「そうだな。少し話を整理しておこうか」

こんどは僕が黒板の前に立った。

僕はホワイトボードよりも黒板派で、タン、タン、タンとチョークを小気味よく鳴らしながら黒板に刻みつける感覚が好きだ。健吾はどちらでもいいらしい。このあたりは人によって好みが分かれる。ちなみに神谷はホワイトボード派で、だからカピッツァ・クラブで使う部屋も、ホワイトボードのある3号セミナー室になったのだった。

「まず、起点となったAdS／CFT対応を確認しておくぞ」

僕は、健吾が説明に使った数式を消してから、白いチョークに持ち替える。

「これは、重力を含む三次元の反ド・ジッター（AdS）空間の宇宙と、重力を含まない二次元の共形場理論《きょうけいばりろん》（CFT）で記述される世界が、同じであることを示す理論だ（わけわかんないと思うけど、ちょっとだけ我慢してね）。この理論のポイントは、三次元の世界の出来事を、二次元に置き換えた理論で説明しようとしている点だ」

　次元を落として扱いやすくするという手法は、物理学では珍しくない。三次元空間での事象を扱うとき、たとえば垂直方向の動きを無視してもよいとなれば、二次元平面での事象として扱っても構わない。

　イメージしやすい例えとして、F1などの車のレースをシミュレートする場合を考えてほしい。レースはあくまで三次元空間での事象だが、レーシングカーが空を飛ぶ可能性は無視してよいので、垂直方向の動きを考慮する必要はない。つまりこのレースのシミュレーションでは、レースを二次元の事象として扱い、平面上の動きだけを計算すれば十分だということになる。

「でも、AdS／CFT対応は、単に一つの次元を無視して次元を落とすというレベルの話じゃない。ざっくりいうと、ある種の三次元空間に含まれるすべての情報が、それを取り囲む二次元平面上にまるごと書き込まれている、という理論だ」

　そもそもの発端は、ブラックホール内の情報量がその表面積に比例することが示されたことだが、この話を始めると長くなるので、やめておく（興味のある人はベッケンシュタイン－ホーキング公式を調べてみて）。

　とにかくここからホログラフィー原理と呼ばれるアイデアが生まれた。だがこれはあくまでアイデアに留《とど》まっていた。このアイデアを初めて厳密に実現した理論モデル、つまり数式という形で表現したものが、AdS／CFT対応というわけだ。

「ただし、AdS／CFT対応は、そのまま僕たちの宇宙に当てはまるわけじゃない。この理論が扱うＡｄＳ空間は仮想上のもので、現実の宇宙空間とは性質が大きく異なる」

これはイメージしにくいのだが、ＡｄＳ空間というのは特殊な曲がり方をした空間で、よく馬の鞍《くら》の形にたとえられる。

といわれても、やっぱりわからないと思う。わからなくて当然だ。僕たちの脳は、曲がった空間を感覚的に捉《とら》えるようには配線されていないからだ。

ちなみに、僕たちのいるこの宇宙空間は曲がっておらず、ほぼ平坦《へいたん》だ。平坦な宇宙では、三角形の内角の和は、小学校の算数で習ったとおり百八十度だが、ＡｄＳ空間では百八十度よりも小さくなる（よけいにわからない？　構わない。忘れてくれ）。

「あの青年の導出した結論は、この平坦な宇宙でも、ＡｄＳ／ＣＦＴ対応のような関係が成り立つことを示している。でも、それだけなら、ここまで大騒ぎすることじゃない。十分予想されていたことでもあるし、それに近い結果はすでに得られている。問題はこの先だ」

チョークを打ちつける手に力が入る。

「ＡｄＳ／ＣＦＴ対応は、あくまでＡｄＳ空間内の情報と、その空間と接する二次元平面上の情報が等価であるというだけで、どちらかが本物で、もう一方がその影というわけじゃない。ところが、あの青年の到達した結論では、その等価関係が崩れてる」

「つまり？」

僕は健吾に向き直った。

「この宇宙の本質は二次元平面上にあって、我々のいる三次元空間は、そこから立ち現れた幻《ホログラム》のようなものである。あの不等式の意味を簡単にいえば、そうなる」

ＡｄＳ／ＣＦＴ対応は、じつは計算ツールとしての側面も強い。それまで複雑で極めて困難だった計算が、ＡｄＳ／ＣＦＴ対応を使うことでシンプルなものに置き換えられたケースは多い。

しかし、今回の理論はそれどころではなく、人類の宇宙観を根底からひっくり返すものだ。なにしろ、この宇宙の存在そのものが、ある種の幻影であることを示しているのだから。

とはいえ、人類が宇宙観の大転換を迫られるのは、今回が初めてというわけじゃない。これまでに、平面だと思っていた大地が球体だとわかり、宇宙の中心だと思っていた地球が太陽の周りを回っていることがわかり、その太陽も銀河系の隅っこにある目立たない星の一つであることがわかり、宇宙で唯一のものと思っていた銀河系さえ何千億とある銀河の一つに過ぎないことがわかり、なにもない真空が広がっているだけと思っていた宇宙空間がじつは加速しながら膨張していてあらゆる場所で粒子と反粒子が絶えず生成と消滅を繰り返していることがわかった。もしかしたらこの宇宙も一つではなく、さまざまなバリエーションのものが無数に存在する可能性さえあるという。

人類が驚くような発見は、これからも続くだろう。今回のものも、そのうちの一つと捉えるべきなのかもしれない。もちろん、あの青年の理論が正しいとすれば、の話だが。

僕はチョークを置いて机にもどった。

健吾はまだ黒板を見ている。

「どうした」

「俺はさ」

思いがけず口調が沈んでいた。

「正直、これがぜんぶ、なにかの冗談であってくれたらいいと思うよ」

僕はちょっと驚いた。

「なんだよ、急に。鉱脈を探すんじゃないのか。フィールズ賞だろ。らしくないな」

健吾が目をもどす。

「おまえは感じないか」

「なにが」

「なんというか……うす気味悪くないか」

「だから、なにが」

「なにがって……こう、全体的に……」

健吾が大きく息を吸った。

「いや、いい」

腰を上げる。

「おい」

「またな」

「待て」

僕は、彼の座っていた簡易チェアを指さした。

「持って帰れ」

ばれたか、という顔で健吾が笑った。

4

莉央は、子供のころに猫を飼っていたことがある。五歳の誕生日に両親からプレゼントされたのだ。莉央は覚えていないが、たぶん、テレビかなにかの影響で、猫をほしがったのだろう。五歳の莉央はたいそう喜び、黒ブチのその子猫をカイと名付けてかわいがったという。

カイは、十四年間を我が家で過ごした後、莉央が大学進学のために家を出るのを見届けてから、安心したように旅立った。母から電話でカイの死を知らされると、莉央は自分の中に埋めようのない大きな空白が生まれたように感じた。

そんな莉央にとって、2DKのマンションが広すぎて寂しく感じられたとき、猫を飼おうかと思いつくのは、自然な流れだった。しかし莉央がカイを飼っていたのは十年以上前の話だ。ペット事情も当時とは違うだろう。そう考えてネットであれこれと調べるうちに、保護猫の存在を知った。保健所などで保護される猫のことだ。

保護といっても、大半は最終的に殺処分の対象となる。ネットには、殺処分が数日後に迫った子猫らの愛くるしい画像とともに、彼らの救命を訴える悲痛な声が満ちていた。そしてその日付の多くは、すでに過去になっていた。

殺されるのを待つだけとなった無力な猫たちの姿を見ているうちに、莉央の中でなにかが静かに目を覚ました。錆《さ》び付いていたものが、ゆっくりと動き出したような感覚だった。保護猫を引き取ろう。一匹でも救い出そう。そう決心するのに時間は掛からなかった。

しかしそれは、思ったほど簡単なことでもなかった。譲渡の許可を得るには、いくつもの条件をクリアする必要があったのだ。

まず、猫を飼うための最低限の知識を得るために、講習を受けなければならなかった。猫の習性や病気などに無知な人が飼うと、たいていトラブルを起こし、最悪の場合、飼育放棄につながるからだ。

そして住居。とくに集合住宅の場合、ペットの飼育が許可されている物件であることを証明しなければならない。さいわい、莉央の住んでいる分譲マンションはペット可なので、この点は問題なかった。

家族と同居している場合は、全員が飼うことに同意していなくてはならないが、これも事実上一人暮らしの莉央には支障にならない。ただし、保健所によっては、一人暮らしでは譲渡不可のところもあるという。これは施設ごとに方針が異なるらしいので、問い合わせるしかない。

莉央はすぐさま行動に移った。地元の保健所に確認したところ、一人暮らしでもほかの条件が整っていれば譲渡は可能という回答を得た。一気に道が開けた気がした。こうなればあとは手続きを進めるだけだ。必要な講習を受け、書類をそろえ、莉央はあの日を迎えたのだった。

その黒い子猫を、莉央はエルヴィンと名付けた。講習で教えられたとおり、事前にキャリーバッグ、猫用ベッド、猫用トイレ、猫砂、キャットタワー、おもちゃ、子猫用のキャットフード、食器などを買いそろえておいたので、迎え入れる準備はできていた。

マンションに引き取ってからも、やるべきことはある。まず動物クリニックに連れていった。感染症などに罹《かか》っていないかを検査して、ワクチンを打ってもらうためだ。ワクチンは、室内飼育ならば三種混合でもいいと聞いていたが、念のために五種混合を選んだ。これは一カ月後に第二回の接種をして、あとは一年ごとの追加接種になるという。去勢手術も受けさせるつもりだが、おそらくエルヴィンは生後二カ月くらいなので、もう少し先でもいいとのことだった。

乳歯は生えそろっていたものの、ドライフードはまだ食べにくそうだったので、ミルクでふやかしたものを与えた。普通に食べられるようになってからは、ストッカータイプの自動給餌器《きゆうじき》を使った。内蔵カメラの映像をスマホで確認できる機能が付いているので、家を空けるときも少しは安心できた。

栄養バランスのとれた食べ物と良好な環境のせいだろう。エルヴィンの黒い毛並みは日に日に艶《つや》と深みを増していった。ぴんと尖《とが》った二等辺三角形の耳と、金色に近いイエローの目には、気品さえ漂ってきた。すっと背を伸ばして窓の外を見ている姿など、まるで小さな貴公子だ。この子はきっと凜《り》々《り》しい猫になる。

その日は、用事が予想外に長引いて、帰りが遅くなった。部屋を出るとき、エルヴィンには五時には帰るといっておいたのに、七時を回ってしまったのだ。心配しているだろうな。そう思いながら家路を急いでいたが、自宅マンションの建物が目に入った瞬間、急に笑いがこみ上げてきた。エルヴィンはわたしの言葉をちゃんと理解している。いつの間にか、当たり前のようにそう思っていたことに気づいたからだ。

たしかにエルヴィンは頭のいい子だった。トイレも三回ほどしつけただけで覚えてしまったし、莉央が話しかけるときはいかにもわかっているような顔で聞いている。それでも、きょうの帰りの時刻まで承知しているというのはあり得ない。

猫という動物は本来夜行性で、暗い部屋にいても怖がることはない。しかも気まぐれで、マイペースで、自由だ。これまでも莉央の帰りが七時を過ぎたことはあるが、そんな日もエルヴィンは、おもちゃを転がして遊んだり、念入りに毛繕いをしたり、キャットタワーに飛び乗って外の景色を眺めたり、ベッドで気持ちよさそうに寝ていたりしていた。きっときょうも、莉央の帰りなど気にしないで、好きなように過ごしているのだろう。

莉央は急ぐ足を緩めた。

気まぐれでマイペースなエルヴィンだが、甘えん坊の面もあった。莉央がパソコンに向かっているときに、ネコジャラシを模したおもちゃを自分でくわえてきて床に置き、ねだるような目で見上げてくることもある。そんな顔を見せられたら、もうだめだ。すべてを放《ほう》り出してエルヴィンの気が済むまで遊び相手をしてあげるしかない。

専用のベッドもあるのだが、ふと気づくと、莉央の足下で丸くなって寝ていることも多い。安心しきったエルヴィンの寝顔を見ていると、カイと過ごした幼い日々のことが蘇《よみがえ》ってくる。はっきりとした記憶というより、あのころの感情を辿りなおしている感覚だ。こんなに幸せで満ち足りた時間を、かつての自分も、たしかに過ごしていたのだ。それがどんなに得難いものか、自覚することなく。

「ただいま、エルヴィン。帰ったよ！」

莉央はマンションのドアを開けながら呼んだ。

呼ぶまでもなかった。

うす暗い玄関の上がり口。

そこに、エルヴィンがちょこんと座っていた。そして、莉央を見上げて、にゃあ、と鳴いたのだった。

5

きょうのカピッツァ・クラブは特別版だ。いつもの持ち回りの講義ではなく、例のガロアくん（いつの間にかこの呼び名が定着していた）が書き残した数式について、春日井健吾が検証の最終結果を発表するからだ。それまでもセミナーのたびに中間報告はされてきたが、いずれも数分間の短いものだった。今回は時間をとって説明することになっている。

とはいえ、ホワイトボード二十三枚分である。書くだけで二時間かかった数式を、一つ一つ詳細に解説していたら夜が明けてしまう。報告内容は概要的なものにならざるを得ない。

「結局、数理の穴は埋まりませんでした。この論理には重大な欠陥があるといわざるを得ません」

健吾は、一時間ほどかけて説明してから、そう結論した。

「通常なら、これでお終《しま》いです。彼の数式は検討に値しない」

躊躇《ちゅうちょ》するような間をおいて、

「ただ、これは数学者としての勘というしかないのですが、ここで話を終わらせることには、どうしても抵抗を感じます」

健吾がマーカーのキャップを外して、ふたたびホワイトボードに向かう。

「彼の数理には、大きな穴があるだけでなく、流れそのものが、たいへんぎこちない。はっきりいえば、エレガントじゃない。たとえば、この部分」

ガロアくんの数式の一部を抜き出したものをすばやく書き記す。

「間違いではないのですが、数学者であれば眉《まゆ》をひそめるような展開です。まずもって美しくない。彼の数理は、全編にわたってこんな調子です。でこぼこしてる」

いいながら、マーカーのキャップをはめ、放り投げるようにホワイトボードへもどす。

「しかしそれは、彼に数学のセンスがないのではなく、逆に、これまでの数学の概念を超えるものを、既存のフレームワークに強引に押し込もうとした結果のようにも思えるのです」

健吾が、ふだんは見せないような真剣な目を僕たちに向ける。

「そして、押し込もうとしても、収まりきれずにはみ出てしまう部分があった。それが、我々には論理の穴に見えているだけかもしれない。だから私は、これは単なる穴ではなく、じつは我々の知らない数学によって塞《ふさ》がれている可能性があると考えます」

「それって、どんな数学なの」

長身、長髪の沢野博史が、不審も露《あら》わにいった。

「わかりません。想像もつきません。ここからは、本人に説明してもらうしかないでしょう。もしそんなものがあれば、ですが」

「ありがとう。春日井くん」

神谷春海が立ち上がった。両手でノートパソコンを持っている。

健吾が自分の椅子にもどるのを待ってから、

「いま春日井くんも報告してくれたように、これ以上のことはガロアくんに聞くしかありません。でも、いま彼がどこにいるのか、わからない。そこで、一つ提案があります」

入れ替わるように前に出て、ノートパソコンを演台に置いて開いた。まだ画面は僕たちからは見えない。

神谷がキーボードを叩《たた》きながら、

「ホワイトボードの画像およびそれを書き写したものをネットにアップした上で、彼に出頭を呼びかけたいと思います」

「出頭って、指名手配犯じゃないんだから」

健吾がいうと、神谷が顔を上げて、

「なんていえばいいの」

「連絡を求む、とかさ」

「ちょっと待ってよ」

沢野博史が手を挙げながら遮った。こういうとき、人差し指と中指をそろえてピンと伸ばし、親指を立てて拳銃《けんじゅう》のような形をつくるのが彼の癖だ。小野くんたちは〈沢野ピストル〉と呼んでいる。

「そんなに事を大きくしちゃっていいのかなあ」

声に不満を滲《にじ》ませる。

「これがなにかの間違いだったら、AMPROは世間に大恥を晒《さら》す。三塚《みつか》先生の顔に泥を塗ることになるんだよ」

「もちろん、機構長の許可は得ます」

「あのさあ、神谷くん」

沢野が口元を歪《ゆが》める。

「そろそろ終わりにしてもらえるかな」

神谷が無言で瞬きをした。

「これぜんぶ、君が仕組んだんでしょ」

え、と小野くんたち院生メンバーから声が漏れた。

「乱入してきたあの坊やも、膨大で不可解な数式も、手の込んだジョークだ。違うかな」

沢野が陰のある目でにやりとする。

「なんでわたしがそんなことをしなきゃいけないんです。エイプリルフールはとっくに過ぎましたよ」

「あの坊やが出て行ったとき、最初に追いかけて飛び出したのは君だ。まだ数秒と経っていなかったから、廊下で彼の姿は見えたはずだし、すぐに追いかければ連れもどせたかもしれない。でも、君はそうしなかったよね」

「いなかったんですよ、廊下のどこにも」

「忽然《こつぜん》と消えたとでも？」

「わかりません。でも、いなかったんです」

「もう十分だろっ」

ついに苛立ちが弾《はじ》けた。

「ぜんぶ仕込みに決まってる。君ともあろう者が、なぜこんな悪ふざけで貴重な時間を潰す。納得のいく説明ができないなら、ぼくはもうこのセミナーには参加しない」

「そんなこといわれても、もう機構長にはメールで報告してあるんです。さっきの春日井くんの結論やわたしの提案も含めて」

「この期に及んでまだそんな――」

「きょうのこの集まりにも、オンラインで参加していただけることになってます。三塚先生たってのご希望で」

「三塚先生がこんなセミナーに……え?」

「先生、そろそろよろしいでしょうか」

ノートパソコンに向かって呼びかけてから、くるりと回してこちらに向ける。その画面いっぱいに、AMPROの七代目機構長の御姿があった。

『やあ、みなさん。こんばんは』

五十二歳とは思えない若々しい笑顔に、僕たちは思わず、

「こんばんは」

と小学生みたいな挨拶《あいさつ》を返してしまった。

三塚佑《たすく》。超弦理論を専門とする世界的な理論物理学者だ。現在アメリカの大学で教授職も兼ねていて、毎年この時期はたいてい日本にいない。ちなみに時差は十六時間あるので、いま向こうは午前二時過ぎのはず。

『報告は読みました。いやあ、おもしろいね。世の中には不思議なこともあるもんだ』

僕ら一介の特任研究員からすれば、三塚佑は雲の上どころか銀河の彼方《かなた》に燦然《さんぜん》と光り輝く巨星だ。よりにもよって三塚先生をこんな時間に引っ張り出すとは、神谷のやつ、なんてことしやがる。

『春日井さんの結論も興味深く拝見したよ。あの数式の論理に大きなギャップがあるのはたしかなようだ。そのギャップを埋める未知の数学理論が存在して、謎《なぞ》の青年がそれをすでに見つけて

いる可能性がある、という春日井さんの着想は、まあかなり強引ではあるけど、おもしろい』

「ど、どうも」

あの健吾でさえ、がちがちに固まっている。

『思ったんだけど、いっそ論文の形式にまとめて、アーカイブにアップしてはどうかな。世界中の研究者に意見を求めよう。興味をもつ人も多いと思う』

ここでいうアーカイブは、プレプリントサーバーの一つである〈arXiv〉のことだ。プレプリントサーバーとは、査読前の論文を自由に投稿したり読んだりできる場で、近年、研究成果を認知してもらう手段としては主流になりつつある。中でも〈arXiv〉は、その先駆け的存在で、物理学や数学分野の論文を主な対象としていた。

『このセミナーグループのリーダーは、神谷さんだったね』

「はい」

とノートパソコンのカメラの前に出る。〈歩く神罰〉神谷春海といえども、三塚先生の前では子羊だ。

『あなたが中心となって進めてください』

「わかりました」

『ではみなさん、おやすみ』

おやすみなさい、と全員そろって返す。

画像が消えた瞬間。

「神谷、おまえ、こういうことは事前に教えろよ。心の準備ってもんがあるだろうが！」

健吾の本気で怒る声が轟いた。それはまさしく僕たちの心の声でもあった。

「俺、三塚先生に向かって『どうも』とかいっちまったじゃねえか！」

「ごめーん。急に決まっちゃって」

口では釈明しながらも、してやったり、という態度を隠そうともしないのがまた腹が立つ。

「……ありえねえだろ。これ、みんな、マジなのかよ」

細くて消えそうな声は、沢野博史だった。

真っ青になってうつむいている。

6

控え室から教室へと向かう短い廊下を歩くとき、莉央はいつも自分に暗示をかける。

わたしはこの仕事が好きだ。わたしにぴったりだから。わたしの天職だから。わたしは、いつも明るくて、前向きで、どんな人にも礼儀正しく、丁寧に、思いやりをもって応対できる。わたしを嫌う人なんていない。わたしはみんなに好かれている。みんなわたしの笑顔が大好きだ。わたしもみんなが大好きだ。みんな週に一度のわたしのレッスンを楽しみに来ている。わたしはみんなの期待に応えることができる。みんなを楽しませることができる。ああ、きょうも楽しかった。帰るときに、きっとそういってもらえる。みんなが待っている。さあ、九十分間のショーの幕を上げよう。

そうやって気持ちを目一杯盛り上げてから、満面の笑みとともにドアを開けるのだ。

「你们好《にいめんはお》！」

莉央は、高校時代、中国出身のミュージシャンのファンになったことをきっかけに中国語を学びはじめ、大学でも中国文学を専攻した。さらに大学を出てから中国への留学も果たし、二年間、みっちりと語学力を磨いた。帰国後は、貿易関係の事務をいくつか経験したが、こなさなければならない仕事の幅が広い上、高い専門知識を要求されるわりに時給が安く、長くは続かなかった。

その後しばらくの間は、契約書の翻訳チェックや、観光客の通訳などの仕事を単発で引き受けた。中国語の個人レッスンを頼まれることもあったが、またそれは時給という点ではとても良かったが、生徒である既婚男性からプライベートな付き合いを要求されることがたびたびあり、やむなく休止した。

いまの語学学校には、半年ほど前から所属している。グループレッスンのほか、対面式およびオンラインの個人レッスンも担当していた。

毎週日曜日の午前十時四十五分からは、グループレッスンが入っていた。このクラスの生徒は五名。一人一人の性格を把握し、いかに積極的にレッスンに参加してもらうかに神経を使うので、九十分間のレッスンが終わって控え室にもどるころには、ぐったりと疲れ果てている。そんなときでも、エルヴィンの愛らしい姿を見れば、ふっと笑みを漏らすことができるのだった。

自動給餌器では、一日に四回、キャットフードがトレイに出るように設定してある。内蔵カメラには録画機能も付いているので、エルヴィンが食べたかどうかも、スマホでチェックできる。リアルタイムでエルヴィンの様子を見ることも可能だ。

この日も、機器が不具合を起こすことなく、午前十時には二回目の給餌を完了していた。広角レンズが、トレイに流れ落ちたキャットフードを、しっかりと捉えている。給餌直後のその画像には、エルヴィンは写っていなかった。

莉央は、エルヴィンの姿を求めて、一分ごとに撮影された画像を、順番に見ていく。キャットフードを一心不乱に食べる姿も、とても可愛らしいのだ。しかし、どの画像にも、エルヴィンはいない。

「……エルヴィン？」

とうとう最新の画像まで来てしまった。ほんの一分前に撮影されたばかりのその画像にも、エルヴィンの姿はない。リアルタイム映像に切り替えたが、結果は同じだった。

広角レンズとはいえ、部屋の隅々まで見えるわけではない。死角となっている部分もかなりある。その死角にじっとしていれば、画像には残らない。それに、撮影は一分おきなので、その一分間の出来事は、画像からはわからない。

だとしても、トレイの中のキャットフードが減っていないとは、どういうことだ。口を付けた形跡もない。いつもなら、トレイにキャットフードが出てきた瞬間に駆け寄ってくるエルヴィンだ。まったく反応しないなんてあり得ない。考えられるとすれば、なにかの理由で動けなくなって——。

莉央は祈る思いで午前十時以前の画像を遡《さかのぼ》った。エルヴィンが最後に写っている画像を探した。エルヴィンの身になにか起こったのであれば、画像から手がかりを摑《つか》めるかもしれない。そんなことは絶対にあってほしくない。あってほしくはないが……。

莉央の手が止まった。

午前九時三十七分に撮影された画像。

そこには、エルヴィンではなく、一人の男が写っていた。

物珍しげに、自動給餌器を覗《のぞ》き込んでいる。

駐車場に見慣れた乗用車を見つけた。ナンバーも同じだ。近づいて車内を覗く。運転席。助手席。後部座席。とくに変わったところはない。残りは後ろのトランクだが、キーがないので開けるのは無理か。莉央はあきらめて車を離れた。マンション名をもう一度確かめてから、建物に入る。

エントランスは狭くて暗かった。外観はそれなりに小綺麗《こぎれい》に見えたが、築年数はかなりのようだ。それでもいちおうオートロック式になっている。操作盤に部屋番号を入力して呼び出しボタンを押した。反応を待つ。モニターでこちらの姿は見えているはず。居留守を使うつもりか。ほんとうに不在なのか。

莉央は操作を繰り返した。

通話が繫がった。

『ああ、どうしたの』

しらばくれている。

莉央は波立つ感情を抑えていった。

「来た理由、わかるでしょ」

沈黙の数秒のあと、自動ドアが左右に開いた。

入ったところはさらに狭く、暗く、湿っぽかった。

小さなエレベーターに乗り、四階に上がる。

エレベーターを出て、北側に開いた外廊下を端まで進み、四〇七号室の前に立つ。チャイムを鳴らそうと指を伸ばしかけたとき、ロックの外れる音がして、ドアが開いた。

「よう」

久しぶりに見る秀彦《ひでひこ》の顔は少しむくんでいた。見覚えのあるグレーの部屋着を着ている。

「まあ、入れよ」

莉央は部屋に上がった。狭いキッチンを抜けてリビングを見回す。まだ荷解きも終えていないようで、壁際に段ボール箱がいくつも積み上げてあった。

「エルヴィンはどこ？」

「なんの話？」

「今朝、来たんでしょ。わたしが仕事に出た後」

リビングに入ってきた秀彦に、莉央はスマホの画像を突きつけた。この男が自動給餌機を覗き込む場面が写っている。

「忘れ物があったから取りに帰ったんだよ。いいだろ、べつに」

莉央は、決まり悪そうに目を逸《そ》らす秀彦を睨みつけたまま、スマホを下ろす。

「エルヴィンはどこ？」

「エルヴィン？」

秀彦が大げさに首を傾《かし》げる。

「黒い子猫。あの部屋にいたはず」

「さあ、見てないけど」

「うそ」

「ていうかさ、猫を飼うならおれにも一言相談しろよ」

話をずらそうとしている。この男は追いつめられると、いつもそうやってはぐらかす。

「あなたには関係ないでしょ。エルヴィンはどこ？」

「関係ないことないだろ。おれたちは、いちおう、まだ夫婦なんだし」

「エルヴィンはどこ？」

「うるせえな。見てないっつってんだろ！」

声を荒らげればいうことを聞くと、まだ思っているのか。

「その手の傷、なに？」

秀彦の左手の甲に、明らかに猫の爪《つめ》による引っかき傷があった。

「さあ、なんだろな。知らないうちに付いてた。変な傷だな」

これ以上付き合っていられない。

莉央は部屋の中を勝手に探すことにした。

「エルヴィン！」

段ボール箱やクローゼットの中、ベッドの下やベランダも見た。トイレ。浴室。とくに床に黒い毛が落ちていないか。エルヴィンの毛なら見ればわかる。

「おい、いい加減にしろよ。ここにいるわけねえだろ」

「じゃあ、どこなのっ」

莉央は秀彦に詰め寄った。感情が抑えきれなくなっている。

「知ってるんでしょ！」

秀彦が顔をしかめた。

あきらめたように首を振ってから、

「逃げたんだよ」

といった。

「ちょうどドアを開けたとき飛び出してきてさ。あっという間だから、どうしようもなかった」

「エルヴィンが自分で逃げるわけがない。外に出たとしても遠くに行くわけがない。マンションの中も外も、周辺も、ぜんぶ探した。でもいなかった」

秀彦が大げさにため息を吐く。

「エルヴィンに……なにかしたの」

声が震える。

「なにかって？」

莉央はとっくに気持ちが冷めているが、秀彦は莉央とやり直したがっていた。その秀彦にしてみれば、莉央が猫を飼いはじめたことは、莉央とふたたび暮らせる可能性がほぼゼロになることを意味している。この男の目には、エルヴィンは排除すべき邪魔者に映ったはず。

「エルヴィンを、捨てたの？　それとも……」

秀彦が表情を強《こわ》ばらせる。

「エルヴィンはどこっ！」

「少しは声を抑えろよ。ここ、壁、薄いんだよ。隣にまる聞こえだ」

さっきは自分も大声を出したくせに。

「お願い。教えて。エルヴィンをどうしたの」

「どうもしない。ほんとうだ。さっきもいったとおり、逃げたんだよ」

莉央は無言で睨みつづける。

「嘘《うそ》じゃない。ほんとうだ！」

秀彦が叫んでから、ちらと壁に目をやる。

「わかった」

「え」

莉央があっさり納得したことに拍子抜けしている。

「帰る」

部屋を出ようとすると、

「ちょっと待てよ」

腕を摑まれた。

「せっかく来たんだ。少し話そう。猫のことじゃなくて」

「話すことなんかない」

「おれたち、このまま終わりじゃないだろ」

この男、なにをいっているのか。

「いまは互いに頭を冷やす時間が必要だからこうしてるだけだよな。そうだよな」

頭が冷えて正気にもどったから、こうなったのに。

「おれも反省してるんだよ。そこはわかってくれよ」

わたしも反省したよ。あなたのような男を一瞬でも運命の人だと錯覚したことを。

「なあ」

力ずくで抱き寄せようとする。

莉央はその手を振り払って離れた。

秀彦がぎらついた目を大きく見開く。

莉央はバッグに手を忍ばせ、いつも持ち歩いている防犯ブザーを握った。

「莉央……」

秀彦が一歩迫ると同時に、防犯ブザーのピンを抜いた。とたんに大音量のアラームが鳴り響く。秀彦は火災警報器が作動したとでも思ったのか、ぎょっとした顔で天井を見上げる。その隙《すき》に莉央は、鳴り続ける防犯ブザーをベッドの下に投げ入れ、ドアに走った。

「おいっ！」

莉央はエレベーターではなく階段を使って下り、マンションの建物を出た。防犯ブザーのアラーム音が外まで聞こえてくる。ピンは自分が持ってきた。電池が切れるか、ブザー本体を壊さないかぎり、鳴り止《や》まない。

いまのうちだ。莉央は急いで駐車場へ向かう。あの男の車。ドアノブに触れるとロックが外れた。エルヴィンの手がかりを求めてクローゼットを開けたとき、たまたま車のスペアキーが目に付いたので、とっさにバッグに入れてきたのだった。

トランクを開ける。

中は空。

しかし、顔を近づけたとき、ぞくりと寒気が走った。

エルヴィンの匂いが鼻を掠《かす》めたような気がしたのだ。

トランクの底を手で撫《な》でる。

指先を見ると、短い黒毛が付いていた。

警察署を出たときは空が暗かった。

「これは事件にはできないですねえ」

対応した署員の声が耳に蘇り、莉央の足を重くする。

「お話によると、たったいま、あなたのほうから相手のところに押し掛けて問いつめてきたんですよね。ということは、DVとか、ストーカーされてるとか、そういうことじゃないんでしょ?」

例の秀彦の映った画像を見せたが、莉央の期待したような反応はなかった。

「戸籍上はいまも夫婦で、二カ月前までその部屋でいっしょに暮らしていたんですよね。しかも、マンションの登記は向こうの名前のままになってる。だからキーも持っていて、本人は忘れ物を取りに来たといっている。これじゃ不法侵入には問えませんよ」

秀彦の手にあった引っかき傷のことを話し、車のトランクで見つけた黒い毛を見せても同じだった。

「引っかき傷だけでは猫を盗んだ証拠になりません。それにこの毛ですけど、うちでも猫を飼っているんですけど、猫の毛にしてはちょっと硬くないですかね。トランクに糞《ふん》や吐いた毛玉でも残っていればまだしも、これだけでは」

すぐにでも秀彦を取り調べてエルヴィンの行方を探してくれるとばかり思っていた莉央は、冷ややかなあしらわれ方に愕然《がくぜん》とした。

「保健所には連絡しました?」

その署員は最後にいった。

「ほんとうに逃げたとしたら、野良猫と間違われて持ち込まれるケースもありますからね。きょうはもう窓口の対応時間を過ぎてますから、明日にでも問い合わせてみたほうがいいですよ」

エルヴィンがわたしから逃げるものか。あの男が連れ去ったに決まっている。こうしている間にも、エルヴィンの身になにかあるかもしれないのに。

莉央は足を止めて秀彦に電話をかけた。

警察を当てにできないなら、自分で見つけるしかない。

『さっきは悪かったよ。あんなことをするつもりなかったんだけど……』

秀彦がしおらしくいった。

「車のトランクにエルヴィンの毛が落ちてた」

『え……？』

「スペアキーで開けた。あの車でどこに運んだの？」

『ちょっと待ってくれ。それは誤解だ。なにかの間違いだ』

「教えて。エルヴィンはどこにいるの。生きてるの？」

『莉央、落ち着いて、その毛をよく見てくれ。絶対に違う。あの車に猫を載せたことなんかない。もちろんトランクにもだ』

「まだそんな……」

『なあ、おれが莉央の大切にしている猫を勝手に連れ出すと思うか。ましてや、捨てるとか、殺すとか。そんなことしたらどうなるかくらい、おれにだってわかる』

「手の傷はなに」

秀彦が言葉に詰まる。

「やっぱり、エルヴィンに引っかかれたんでしょ！」

『そうだよ』

ようやく認めた。

『ドアを開けて部屋に入ろうとしたら、足下を黒い子猫が勢いよく飛び出していった。それであわてて追いかけて、捕まえようとしたときにやられたんだ』

「……うそ」

『ほんとうだ。そのあと、廊下の先で止まって、じっとこっちを見てたから、建物の外には出ないだろうと思って、ひとまず部屋に入った。餌《えさ》でもあれば、それで釣れるかと。でも、餌がどこにあるのかわからなくて、しかたなく廊下にもどったときには、もういなかった』

たしかに、キャットフードのストックは、エルヴィンが勝手に開けないよう、見つけにくいところに隠してあるが。

「信じられない」

『ほんとなんだよ。信じてくれ！』

莉央は絶対に秀彦の仕業だと思っていた。いまもそう思っている。しかし、その確信が、少しだけ揺らぎはじめる。

『建物を出たのでなければ、マンションのだれかに拾われたのかもしれない。外から迷い込んだと思われて。そうだ。マンションの一階に掲示板があったろ。張り紙を出したら』
掲示板。もっと早く気づくべきだったかもしれない。
「嘘だったら許さないから」
通話を切り、家路を急いだ。

7

これほどの大事《おおごと》になるとは思わなかった。

三塚佑先生直々の提案で、あの数式を論文にしてアーカイブ（arXiv）にアップしたことじゃない。アーカイブには毎月何千という論文が投稿される。学術誌と違って査読がなく、投稿だけならだれでも自由にできるので、中にはレベルの極端に低い、はっきりいえばトンデモ系の論文も含まれる。だから、セミナーの最中に謎の天才青年が現れて膨大な数式だけを書き残して去った、という、うさん臭いことこの上ないエピソード付きの論文が一報追加されたところで、大した騒ぎにはならない。まあ実際は、三塚先生みたいにおもしろがる人も多かったようで、また、結論が結論なだけに、けっこうダウンロードされたらしい。ちなみに、論文のファーストオーサー（論文の筆頭に載せられる第一著者）には、実際に論文をまとめた神谷春海の名前ではなく、謎の天才青年に敬意を表して〈X〉と記してある。さすがに〈ガロアくん〉では怒られそうなので。

また、神谷が提案したように、ホワイトボード二十三枚分の画像をネットに上げてガロアくんに連絡を求め、こちらもネットメディアで取り上げられたりして思ったよりは話題を集めたのだが、少なくとも僕たちにとっては大事というほどではなかった。結局、ガロアくんから連絡は来なかったし。

大事というのは、アーカイブに投稿した論文に、ある著名な理論物理学者が反応し、長いステートメントまで発表したことだ。そのステートメントの内容は、さまざまな意味で、世界中の研究者に衝撃を与えるものだった。これ以降、論文のダウンロード数が跳ね上がったのはいうまでもない。そして、賛否両論、というより、拒絶反応ともいうべき激しく否定的な反響が研究コミュニティに広がり、現在に至っている。

このステートメントを発表した理論物理学者とは、アメリカのアレキサンダー・クラウス博士だ。専門は超弦理論だが、数学の分野でも優れた業績を残しており、多くの研究者から尊敬を集める偉大な人物でもある。それだけに、ステートメントの内容が衝撃をもって受け止められたのだった。

以下に、クラウス博士のステートメントを僕が日本語に訳したものを記す。ただし、オリジナルの英文には専門用語が多用されており、また、高度な専門知識を前提に書かれているので、一般の人が読み通すのは容易ではない。

なので、僕の判断で言葉や文章を補ったり、専門的になりすぎていると感じた部分は思い切って割愛したり、必要に応じて注釈を入れたりして、少しでも読みやすくなるよう改変してある。

そこを踏まえた上で、目を通していただければ幸いだ。正確な内容を知りたい人は、ぜひ原文を当たってみてほしい。

第二章　クラウス実験

1

白状すると、いま私は、この文章を起こすにあたって、ひどく怯《おび》えている。これから綴《つづ》る内容が、多くの人々を失望させ、私の評価を地に落とすことが目に見えているからだ。しかし、これを伝えることは、私に課せられた使命でもある。そう自分を奮い立たせ、筆を執ることにした。

いささか迂遠《うえん》ではあるが、喩《たと》え話から始めたい。

一人の人間を数式に置き換えることが可能だとしよう。そして、あなた自身に関して、あなたが知っているすべての情報をもとに、一連の数式を組み上げたとする。その数式さえあれば、あなたに関することなら、どのようなことでもわかる。あなたの容姿や性格、癖、これまであなたが生きてきた時間、経験、友人、恋愛、言動、思考、家族など、すべてだ。なぜなら、それらのデータに合致するように、その数式は組まれているのだから。

たとえば、あなたは十年前に自分がなにをしていたのかをデータとして提供している。それゆえ、数式の時間変数に〈十年前〉と入力すれば、十年前のあなたの情報がたちまち手に入る。不思議なことはなにもない。

ところが、あなたは妙なことに気づく。

この数式の時間変数に未来の時間を入力すると、あなたの未来のことまで計算できてしまうようなのだ。あなたがこれからどのような人生を歩むのか。何歳まで生きるのか。どのような形で死を迎えるのか。数式はすでにその答えを知っている。それだけではない。さらにさまざまな条件で数式を計算したところ、どうやらあなたには、双子の兄弟がいるらしいことまでわかった。

あなたは数式に不審を抱きはじめる。この数式は、すでにあなたが知っていることだけをベースに作られたものだ。あなたが知らないことまでわかるわけがない。この数式には欠陥があるのではないか。

ところが時間が経《た》つと、数式の予言していたとおりのことが、あなたの身に起こる。そして、あなたに双子の兄弟が存在することまで判明してしまう。数式は間違っていなかったのだ。

あなたは当惑するだろう。

この数式は、なぜ、あなたの知らないことまでわかるのか。

なぜ、あなた以上に、あなたのことをよく知っているのか。


これと似たケースが、物理学の世界では頻繁に起きている。

たとえば、ブラックホールの存在を理論的に予測したのはアインシュタインの一般相対論だが、アインシュタイン自身はそんな天体のことなど想定すらしていなかった。見出《みいだ》したのはドイツの天体物理学者シュヴァルツシルトで、一般相対論の方程式に最もシンプルな条件を仮定したところ、〈光も逃さないほど重力が強い天体〉を意味する解を得たのだ。この天体が後にブラックホールと呼ばれることになるのだが、当時、そんなものが宇宙に実在するとは、アインシュタインはもちろん、シュヴァルツシルトさえ考えていなかった。それがいまでは、ブラックホールの存在する証拠が見つかっただけでなく、その姿（注：厳密には、ブラックホール本体は見えないので、影のようなものだと思ってください）の撮影にも成功している。

　反物質という概念すらなかった時代に、その存在を予言したのはディラックの方程式だ。やはり当時は、そんな馬鹿げたものが存在するはずがないと、方程式そのものを否定する声まであった。方程式を発見したディラック本人も、反物質の存在を強く主張することを躊躇《ためら》ったほどだ。もちろんその後、反物質の存在は観測によって確認され、量子力学の土台となっている。

　実際の観測よりも先に、理論的に存在が予言された粒子となると、枚挙に暇《いとま》がない。たとえばクォークは、数学的な対称性のパターンにもとづいて予測された粒子だ。ヒッグスがその存在を予言したヒッグス粒子は、観測によって確認されるまで、半世紀近い歳月を要した。

　さらに、物理学とはなんの関《かか》わりもなかったはずの数学理論が、物理学に決定的な貢献をした例もある。

　ヤンとミルズは、円周群というゲージ群を用いて電磁気理論を書いた（注：この件《くだり》も専門的すぎるので割愛しようかと思ったけど、物理学と数学の深いつながりを示す重要なエピソードでもあり、残しておくことにする。難しいと感じたら読み飛ばしてね）。円周群は、リー群と呼ばれる多様体の中でもっとも簡単なもので、可換群という種類に入る。しかし、数学の世界では、多くのリー群は非可換群であることがわかっていた。そこで、ヤンとミルズが、円周群の代わりに非可換群を使った理論を作ったところ、その理論が電磁気力だけではなく、〈強い力〉と〈弱い力〉（注：なんか投げやりな名称だけど、ほんとうにこう呼ばれてる。二つとも素粒子レベルで働く力であり、ふだん僕たちが感じることはないけど、これがなかったら僕たちは存在していない）をも正確に記述することがわかったのだ。

この理論によって、宇宙を支配する四つの力、すなわち電磁気力、強い力、弱い力、重力のうち、三つの力を一つの理論で記述することが可能になった。

のちにノーベル賞を受賞したヤンは、

「物理世界の構造が、突き詰めれば、深い数学的概念に結びついている。これ以上に不思議なことがあるだろうか」

と語っている。

（注：これをもう少しわかりやすい話にしてみよう。まず現代物理学の究極の目標は、電磁気力、強い力、弱い力、重力の四つの力を一つの理論で記述することだ。そのうちの電磁気力を、ヤンとミルズはAという数学ツールを使った理論で記述した。ところが数学者の話を聞くと、Aはどちらかというと特殊で、むしろBというツールのほうが数学の世界では一般的だという。そこでヤンとミルズは試しに、Aの代わりにBを使って理論を組み直してみた。するとどうだろう。彼

らの理論は、電磁気力だけでなく、強い力と弱い力も正確に記述できるようになったのだ。つまり、普遍性の高い数学ツールを使ったことで、物理理論も高い普遍性を獲得したことになる。この事実は、数学と物理学が、共通の内部構造を持っていることを強く示唆している)

物理学と数学の結びつきの深さに畏敬《いけい》の念を漏らしたのは、ヤンだけでなない。古くはガリレオがその著書で「宇宙という書物は数学の言葉で書かれている」と記し、アインシュタインは「経験とは無関係な思考の産物である数学が、なぜこれほど見事に現実の物体に当てはまるのか」と問いを発した。「数式は、それを発見した者よりも賢い」といったのは、電磁波の存在を証明したハインリヒ・ヘルツである。ノーベル賞物理学者ユージン・ウィグナーの「自然科学における数学の、不合理なまでの有効性」という言葉は、あまりにも有名だ。

なぜ数学は、物理現象を正確に記述するだけでなく、まだ観測されていない現象や存在まで予言できるのだろうか。

もちろん現時点で、物理現象のすべてを数式によって記述できているわけではない。たとえば、場の量子論を厳密に記述する数学を、人類はまだ見つけていない。しかし、人類の知性の及ぶ領域が拡大するたびに、それを記述するための新たな数学分野が要請され、数学は見事に応《こた》えてきた。いずれは、場の量子論を記述するために必要な数学も、もし場の量子論が正しいのであればだが、発見されることだろう（注：前にも軽く触れたけど、春日井健吾がＡＭＰＲＯで取り組んでいるテーマがこれです)。

ここで冒頭の喩え話にもどる。

あなたの数式が、あなた以上に、あなたのことを知っている。このおかしな現象を、どう解釈すべきだろうか。

あなたは頭を悩ませる。

そして、ついにコペルニクス的転回が訪れる。

あなたの情報からこの数式が生まれたのではなく、この数式をもとにあなたという存在が作られたのだとしたら。

あなたの数式を組み上げたとき、偶然にも、あなたの〈ソースコード〉を探り当ててしまったのだとしたら。

そう考えれば、すべてをきれいに説明できる。あなたの数式が、あなた以上にあなたのことを知っているのも、当然だった。もともとは数式のほうがオリジナルなのだから。

しかし、その場合、あなたという存在は、なんなのだろう。

察しの良い方は、これから私がいわんとすることが、おわかりになったのではないだろうか。

我々のいる宇宙は、無数に生まれた宇宙の一つに過ぎないと考えられている。超弦理論（注：ここまでに何度か登場したけど、この超弦理論というのは、宇宙を構成する素粒子をひものようなものと考えて、そのひもの振動の仕方でさまざまな素粒子の違いを説明しようという理論だ。ただし、かなり有望な理論ではあるものの、その正しさが完全に証明されたわけではない）によれば、生まれうる宇宙の種類の数は、十の五百乗に及ぶ。その中でも、星や銀河が存在できるのは、ほんの僅《わず》かしかない。我々の宇宙は、ほんの僅かなものの一つというわけだ。

その希少な宇宙の中で、観測されたデータを説明すべく組み上げられた数式が、観測されていない存在や現象まで記述している。我々物理学者は、この宇宙の奥底には、すべてを支配する美しいコードが存在するというロマンを抱きがちだ。すでに発見されている数式は、そのコードの一端なのだろうか。だとすれば、いまだ観測されていないものの存在を把握できるのも当然である。そして同時に、この宇宙を司《つかさど》るコードは、星や銀河の存在を許すような、極めて特殊なものだということになる。

しかし、なぜ我々の宇宙に限って、それほど特殊なコードになっているのか。

いや、問い方を変えよう。

いかにして、そのような特殊なコードが生まれたのか。

それもまた、偶然だというのだろうか。

十の五百乗種類もの宇宙が生まれれば、たまたまそんなコードを持つ宇宙が、一つくらいあってもおかしくない。

そういうことだろうか。

実際のところ、そう考える研究者が大半だ。

だがここで、あえてコペルニクス的転回を試みたら、どうなるだろう。

この宇宙は、無数に生まれた宇宙の中で、たまたま星や銀河が存在できるようなコードを持ち合わせたのではなく、星や銀河が存在できるよう絶妙にコードを調整されているのだとしたら。

ガリレオの言葉を思い出してほしい。

「宇宙という書物は数学の言葉で書かれている」

これを次のように言い換えることもできよう。

「宇宙の設計図は、数学の記号で描かれている」

ならば、だれが、その設計図を描いたのか。

だれが、コードを調整したのか。

おそらくガリレオは、宇宙という書物の著者として、神を想定していた。さらに時代を遡《さかのぼ》れば「神は永遠に幾何学する」という言葉もある。歴史家のプルタルコスによれば、これはプラトンがいったとされる。

先人たちに倣い、ここでも〈神〉という言葉を使いたくなるが、私は適切ではないと考える（注：その理由は後で明らかにされる）。かといって、代わりの呼称があるでもなく、いまは〈何者か〉としかいいようがない。

しかし、たとえ〈何者か〉がこの宇宙の設計図を描いたとしても、我々に確かめるすべはない。私はそう考えていた。ＡＭＰＲＯの若い研究者諸君が遭遇した出来事と、彼らが発表したあの論文を知るまでは。

ＡＭＰＲＯの諸君が発表した論文の詳細については、ここであらためて解説するつもりはないので、各自で確認していただきたい。

一つだけ指摘しておくと、正体不明の青年Ｘによって書かれたという数理には、たしかに看過できないギャップがある。通常ならば、この時点で論文としての価値はない。しかし、未知の数学理論によってギャップが塞《ふさ》がれている可能性があるという春日井の見解も、私は検討に値すると考える。もっとも、それすら容認できない研究者がほとんどであろうし、私もその意見に異を唱えるつもりはない。

仮に、この論文で示された結論が正しいとすると、宇宙の本質は二次元平面にあり、いま我々が存在する三次元空間は、そこから立ち現れたホログラムだということになる。これは、さきほどの〈何者か〉によるコード調整説と整合性がある。すなわち、その二次元平面に格納されている情報こそが宇宙の設計図に相当すると考えることも可能になるのだ。

とはいえ、数理のギャップが埋められない以上、すべては根拠の弱い仮説でしかない。にもかかわらず、なぜ私がこの論文にこだわり、このようなステートメントまで認《したた》めているのか。おそらく、ほとんどの人の目には、理解不能な愚挙に映っていることだろう。

だが、ＡＭＰＲＯの諸君が遭遇したのと同じ出来事が、私の身にも起こっていたとしたら、どうであろうか。

その日、私はオフィスにこもってある計算に没頭していた。そこに、見知らぬ青年（注・ガロアくんと同一人物かどうかは、このステートメントからは読みとれない）がノックもなく入ってきて、数枚の紙の束を私のデスクの上に置き、そのまま無言で立ち去ったのだ。ほんの数秒の出来事で、私はほとんど彼の後ろ姿しか目にできなかった。もちろん不審に思ったのだが、重要な計算の途中だったこともあり、その紙の束に手を伸ばしたのは、それから二時間ほど後のことだ。そこに記されていたのは膨大な数式だった。しかし愚かにも私は、それを精査することなく、デスクの引き出しに放《ほう》り込んだ。放り込んだ先がゴミ箱でなかったのは偶然に過ぎない。

ＡＭＰＲＯの諸君の論文をたまたま目にしたとき、私はぞっとする直感に襲われ、デスクの奥からその紙の束を掘り起こした。そこに記されていた数式は、論文に掲載されているものと完全に一致していた。困惑した私は、このことを世界中の友人に伝えて意見を求めた。するとその日から、ほかの場所でも同様の出来事が発生していたという報《しら》せが、私のもとに続々と届くようになった。現在までに私が把握しているだけでも、その数はすでに十を超えている。

いったい、この世界で、なにが起きているのか。私はさまざまな仮説を立て、検討し、最終的に次のものに行き着いた。突拍子もないと思われるのは承知しているが、どうか冷静に受け止めてもらいたい。

一連の出来事は、宇宙を設計した〈何者か〉によるものではないか。彼らは、自分たちの存在を人類に気づかせようとしている。しかしそれは、設計者たる〈何者か〉にしか為《な》し得ない、論理を超越した奇跡によってであってはならない。なぜなら、人類側になんの準備もできていない段階でそれをやると、人類の概念上〈神〉になってしまうからだ。

彼らは〈神〉として降臨することを望んでいない。それなら、ほかにもやり方がいくらでもある。彼らの望みは支配ではなく、おそらくは人類との対等な交信である。もちろん、対等であることはあり得ないのだが、少なくとも彼らは、対等に近い関係を求めている。そのためには、一方的に真実を突きつけるのではなく、人類がみずからの叡智《えいち》によって、ある程度まで真実に近づく必要があると、彼らは考えた。今回、彼らは、そのためのささやかなヒントを与えてくれているのではないか。

前にも書いたとおり、私は、たとえ宇宙の設計図を描いた〈何者か〉が存在するとしても、我々に確かめるすべはないと考えていた。

しかし、いまは違う。

人類に〈何者か〉の存在を事実として受け入れる準備が整ったとき、そのことをなんらかの形で彼らに伝えれば、彼らが応えてくれる可能性はある。彼らはそれを待っているのだから。

宇宙を設計した〈何者か〉が存在するだけでなく、人類との交信を望んでおり、人類からの合図を待っている。この仮説が正しい可能性は、たしかに低い。論理が飛躍していることも否定しない。だが、検証する価値はあると信ずる。

私はいま、この仮説を検証するための、ある実験の提案を準備している。近日中になんらかの発表ができると思う。そのときは、全世界の人々に、協力を請うことになるだろう。

アレキサンダー・クラウス

2

「いま何時だ」

春日井健吾がコーヒーカップを手にしたままいった。腰を下ろしているのはいつもの簡易チェアだ。

「自分のスマホ、あるだろ」

「取り出すのが面倒ください」

「もうすぐ午前零時」

神谷春海が手にしたスマホを見ながら答えた。耳にワイヤレスイヤホンを挿している。彼女は自分の椅子《いす》を持ってきていないので、壁に背を預けて立っていた。

「あと一時間か」

僕の居室で健吾と神谷がそろうのは珍しい。しかも真夜中に。

通常なら、ＡＭＰＲＯの建物は二十二時に施錠されるが、今夜は特例として終夜滞在が許可されていた。いまから一時間後、すなわち協定世界時七月一日十六時、日本時間の七月二日午前一時に、アレキサンダー・クラウス博士の提案した実験が全世界一斉に行われることになっているからだ。

「世間様は盛り上がってるねえ」

神谷はライブ配信を見ているらしい。きょうの実験のために、世界各地で大勢の人たちが待機している。自宅だけでなく、公園や広場、ビルやマンションの屋上、橋の上、街中の路上などに集まり、歌ったり踊ったり歓声を上げたりしながら。

ちなみに協定世界時十六時というと、アジアとオセアニアはだいたい夜だが、アメリカは昼間、ヨーロッパやアフリカでは夕方だ。

「みんな顔にペインティング入れてるし。新年カウントダウンのノリだわ」

例のステートメントが出た直後の、研究コミュニティの拒絶反応は凄《すさ》まじく、そんなものを認めたら物理学の終焉《しゅうえん》だといわんばかりだった。無理もない。クラウス博士は慎重に言葉を選んでいたが、彼のステートメントは、宇宙を創造した〈神〉の存在を主張するものにほかならないのだから。

たしかにガリレオやニュートンは、宇宙の秩序の美しさに神を見ていたかもしれない。アインシュタインも、量子力学の不確定性を「神はサイコロを振らない」という言葉で批判した。だが、彼らが言及した〈神〉を〈自然〉と言い換えても、いわんとする意味は変わらない。アインシュタインが論じたのも、自然の仕組みに関してであり、創造主の趣味のことではなかった。

一方で、クラウス博士のいう〈何者か〉は〈自然〉という言葉では置き換えられない。それは、明確な意思を持って宇宙を設計し、明確な意思を持って人類との接触を図ろうとしている存在なのだから。多くの研究者にしてみれば、二十一世紀の物理学が〈神〉の存在を主張するなど、耐え難いことだったのだろう。しかし、一般の人たちにとっては、物理学がどうなろうが知ったことではなかったのだ。

クラウス博士の実験は、真実を受け入れる準備が整ったことを伝えることで〈何者か〉から反応を引き出し、その存在を証明しようというものだが、実験の具体的な内容が発表されると、目的の壮大さと相まって、世界中の人々の注目を一気に集めた。

なにより、実験への参加方法というのが、子供でもできるような単純かつ簡単なものだったのだ。さらにクラウス博士が、あくまで仮説を検証するための科学実験であることを強調し、宗教色を徹底して排除していることも、参加する人の心理的ハードルを下げたと思う。たとえば、特定の宗教を信じている人が〈何者か〉を自分たちの神に引き寄せて解釈しようと自由なのだ。

最初は冷ややかな目で見ていた人たちも、世界的に加速していく盛り上がりを目の当たりにしては、もはや無視することは不可能だった（だって、ほんとうに神様が現れたときに自分だけが蚊帳の外に置かれてる状況って想像するだけで嫌でしょ）。

でも、本気で〈神〉の降臨を期待している人は、そんなに多くはないという気もする。滅多にない世界規模のお祭りを存分に楽しみたい。大半の人の本音はそんなところではないか。

対して、研究コミュニティの拒絶反応は、実験の詳細が明らかになってから、ますます激しくなった。物理学への侮辱とまでいった研究者もいる。気持ちはわからないでもないけど。

「どういうつもりなんだろうな、クラウス博士も」

健吾が眠そうな目を宙に向ける。

「これで空振りに終わったら道化だ」

「いいんじゃない、空振りに終わっても」

神谷の口調は軽い。

「最初の検証にパスできませんでした。はい、やり直し。仮説ってそういうもんでしょ」

「それに」

と僕も付け加える。

「この実験が空振りに終わらなかったら、それはそれで大変なことになる」

健吾が笑みを漏らす。

「違いない」

ゆっくりとコーヒーカップに口をつけてから、僕と神谷を見て、

「実際のところ、クラウス仮説が正しい可能性はどのくらいあると思う」

「あるわけないでしょ」

神谷があっさりと断じた。

「いっちゃ悪いけど、ほとんど妄想。クラウスどうしちゃったのってレベル。選《よ》りに選ってインテリジェント・デザインを持ち出してくるなんてね」

インテリジェント・デザインとは、現在の地球上に存在する生命は偶然に生まれたとするにはあまりに複雑なシステムを有しており、〈知性ある何者か〉によって設計されたとでも考えない

かぎり説明できない、という思想である。いっけんクラウス博士の主張と似ているが、クラウス博士が言及しているのは時空の構造に関してであり、生命についてはなにも語っていない。また、博士はあくまで科学的なアプローチを目指しているわけで、だからこそ仮説を検証するための実験を計画したのだ。旧約聖書の影響を受けて宗教色の濃いインテリジェント・デザイン思想とは、そこが根本的に異なる。もちろん神谷は、そんなことは承知の上でいっている。

「ただ、世界中で妙なことが起きているのは事実なんだよな。ガロアくんみたいなのがあちこちに出没してるし」

その数は、これまでに明らかになっただけで二十三の研究機関に及ぶ。出没した人物はそれぞれ違うようだが、いずれも正体は不明だ。

「宇宙の設計図を描いた〈何者か〉とか、いくらなんでも飛躍しすぎ」

「それなんだが」

健吾がコーヒーカップを僕の机に置いた。

「物理学と数学のつながりって、おまえらから見ても、やっぱり普通じゃないのか」

僕は神谷と顔を見合わせる。

神谷が、どうぞ、という仕草をした。

「まあ、普通じゃないというか、謎《なぞ》めいた関係があるとはずっと感じてる。だって、数学と物理学なんて、本来ならまったく違う領域だろ。数学が純粋な思考から生まれた理論なら、物理学は現実を説明するための理論だ。それぞれが独立した宇宙を持ってる。なのに、別々のはずの宇宙に同じパターンが現れる。たとえば以前、健吾がセミナーで取り上げたラングランズ双対群なんかもそうだ。いわば遠く離れた二つの宇宙がシンクロしてる。それも、ちょっとあり得ないくらいのレベルで」

「クラウス博士の考えも理解できる？」

「ガロアくんの理論によると、僕らがいるこの宇宙の本質は、二次元平面上にある。そこが数学の世界になっていて、それを元に立ち現れた三次元空間が物理学の世界だと考えると、謎めいた関係がきれいに説明できてしまうのは確かだ」

「だめだよ、そんなあっさり取り込まれちゃ」

「取り込まれたわけじゃない」

　僕は神谷に反論する。

「クラウスの論理に十分な根拠があるとは思えない。やっぱり飛躍がありすぎる」

「それはクラウス自身もわかってるわけだよな」

「だから、おかしいんだよね。クラウス、まだなにか隠してるんじゃないの」

「たとえば」

　と僕。

「じつは彼、〈何者か〉の正体をすでに知っていて、その証拠も摑《つか》んでいるとか」

　神谷がにやりとする。

「でなけりゃ、あのクラウスがこんなふざけた実験を全世界に提案するとは思えない。いきなり明らかにするとみんなパニックを起こすから、少しずつ情報を出して、心の準備をさせているのかも」

背中がぞくりとした。

「なーんてね」

神谷がおどける。

「なんだよ」

僕はぎこちなく笑った。

健吾がふたたびコーヒーカップを手にして、

「仮にだが、きょうの実験で〈何者か〉の存在が明らかになったら、世の中はどうなる」

「どうなるとは」

「変わると思うか」

「大して変わらないいんじゃない」

神谷がワイヤレスイヤホンを外してケースに入れた。

「みんな日々の生活のほうが大切だもん。宇宙を創った神様がいたからって、それがなに？　今更なんの役に立つんですかって話よ」

「そうかな。僕は意外に変わると思うけど。神の実在が証明されるわけだろ。宗教界隈《かいわい》が色めき立つと思うな」

「ああ、そっちね」

「無宗教でいる理由の大半は、神様がいるなんて信じられないってことだ。それが実在したとなれば、とりあえず手近な宗教に飛びつきたくなるんじゃないかな」

「でも神様って、いるかいないかはっきりしないからこそ、〈信じる〉という行為に価値が生まれるんじゃない？　それが、議論の余地なく、いると断定されてしまったら、しらけるというか、ありがたみがなくなると思うけど」

僕は唸《うな》った。

「なるほど。一理あるな」

「どっちにしろ、あまりいい時代にはなりそうにないね」

「どうして」

「なんとなく」

神谷が珍しく言葉を濁して、

「健吾はどう思うの。世界は変わる？」

「神の性格次第だ。人類に介入してくる神か、宇宙は創ったけどそのあとは放置する神か」

「クラウス仮説によると〈何者か〉は人類との交信を望んでいる。介入する気満々だろ」

「ということは、なにか目的があるはずだ。その目的によっては……」

ふいに重苦しい静寂が降りた。

じつは、さっきから寒気がして仕方がない。いまにも手が震えそうだ。

健吾が、空気を変えるように大きく息を吸って、

「もし〈何者か〉がいるとなったら、おまえらはどうする」

「わたしは物理学をやめるかも」

　神谷がいった。

「前人未踏だと思って取り組んでいた問題に、じつは解答集がありましたってわかるようなものだからね。モチベーションを保つ自信がない」

「アキラは？」

「僕はその〈何者か〉を研究対象にするよ。どんな世界に住んでいるのか、その世界の構造や仕組みは僕たちの宇宙とどう違うのか、興味がある」

「前向きだな」

「ボーイズ、十五分前だよ」

　神谷がスマホを見ながらいった。

「そろそろ行くか」

　僕は腰を上げた。

　健吾もコーヒーカップを置いて立ち上がる。

「やばい。ドキドキしてきた」

「じつはわたしも」

　神谷が笑みを浮かべた。

＊

仕事を終えてマンションに帰り着くと、莉央は真っ先に、一階の掲示板を確認する。そこには、拾得物や定期清掃の告知、住人に向けた注意書きと並んで、エルヴィンの写真をプリントした張り紙が掲示してある。莉央が作成したものだ。「この猫を探しています。情報がありましたら連絡をください」という赤文字の下に、莉央の部屋番号と行方不明になった日付、そしてエルヴィンの特徴を箇条書きにしておいた。「うちで預かっています」と書かれたメモでも貼《は》られてないかと期待するのだが、そんなものはなく、いつもため息で終わる。郵便受けに溜《た》まったチラシに紛れているのではないかと探しても、ないものはない。

でも、もしかしたら、部屋のドアに伝言の紙が挟んであるかもしれない。それどころか、エルヴィンを拾った人がようやく心を決め、こっそりと部屋の前に返してくれているかもしれない。エルヴィンが箱の中でわたしの帰りを待っているかもしれない。エレベーターで上昇している間も、あらゆる可能性が脳裏をうず巻く。しかし、廊下に出て自分の部屋が視界に入った瞬間、すべての希望は消え失《う》せる。崩れ落ちそうになりながらドアを開けたとき、にゃあ、という鳴き声が聞こえた気がしてリビングに駆け込んだことも、一度や二度ではない。

秀彦と別居することになり、それまで二人で住んでいた2DKのマンションで一人暮らしを始めた。猫を飼うことにしたのは、広さを持て余したから。そのはずだった。保健所でエルヴィンを選んだときも、自分がこの子猫を救ってあげるのだと思っていた。とんでもない思い上がりだ。救われていたのは、わたしのほうだった。

エルヴィンが姿を消して一カ月になる。

秀彦が連れ去ったとは、もう莉央も考えていない。車のトランクで見つけた黒い毛のようなものも、落ち着いて見直すと、警察署の職員に指摘されたとおり、自宅で見かけるエルヴィンの黒毛とはかなり違っていた。秀彦の仕業だと決めつけて頭に血が昇っていたせいで、一目見るなりエルヴィンの毛だと思い込んでしまったのだ。秀彦の言葉をすべて信じたわけではないが、猫の扱いに慣れていないあの男が、生きた子猫をトランクに押し込むにしろ、そして想像もしたくないが、殺してしまうにしろ、手の甲の引っかき傷一つで済むはずもなかった。

ならば、エルヴィンは、いま、どこにいるのか。

掲示板に張り紙はしたものの、これまでに問い合わせの一件もない。保健所にも失踪《しっそう》猫として届けを出してあるが、保護したとの連絡は来ない。部屋にある自動給餌《きゅうじ》器は止まったまま。キャットフードのストックも減らない。床を掃除しても短い黒毛が落ちていない。エルヴィンの不在を突きつけてくる現実の一つ一つが、莉央の神経をかき乱す。いっそ死んだものとして諦《あきら》めてしまおうかと、できもしないことを考えたりもした。できるわけがなかった。諦めるなんて。

その世界規模のイベントのことは、ネットで流れてきたニュースで知った。当初はまったく関心を持てず、読み飛ばしていた。ところが時間とともに、このイベントを取り上げる投稿や記事が増え、嫌でも目に付くようになった。トレンドワードにも必ずといっていいほど入っていた。それでも莉央は、内容を知りたいとは感じなかった。世界でなにが起ころうと、なにが流行しようと、どうでもよかった。気持ちが変わったのは、イベントに関するある投稿の中の「なんでも願いが叶《かな》う」という言葉が目に留まったからだ。

そのイベントは〈クラウス実験〉と呼ばれていた。調べても内容はよく理解できなかったが、どうやら世界中の人が力を合わせて神様を呼び出す企画らしい。なぜそんな企画が生まれたのかはわからないし、興味もない。莉央が引きつけられたのは「そのとき、世界で七人だけ、どんな願い事でも叶えてもらえる」という噂《うわさ》だった。そう。あくまで、無責任に交わされる雑多な噂の一つに過ぎなかった。しかし、莉央にとっては、それでもよかった。どんなに馬鹿馬鹿しい希望でも、ゼロに等しい可能性でも、すがるものが必要だった。

時間だ。

莉央は、エルヴィンの使っていた空のベッドをもう一度見てから、ゆっくりと腰を上げる。

窓を開けて、ベランダに出た。

＊

夜空は見事に晴れ上がっていた。ほどよく風も吹いて気持ちがいい。僕は思わず足を止めて深呼吸をする。

「花火でも持ってくればよかったね」

「学生か」

神谷と健吾が軽口を叩《たた》きながら先を歩いている。僕はあわてて二人に追いついた。

ＡＭＰＲＯの研究棟の屋上には、テニスコートほどの広場が整備されている。ベンチや東屋《あずまや》のほか、バスケットボールのゴールもあり、気分転換や身体《からだ》を動かしたいときに利用できるようになっていた。

僕たちが屋上に出たときには、すでに三十人以上が集まり、がやがやとうるさいくらいだった。みなＡＭＰＲＯの職員や研究者だ。屋上に照明はないが、南の空に浮かぶ大きな月のおかげで、互いの表情がわかる程度には明るい。

「思ったより参加者が多いなあ。こんなに賑《にぎ》わうとは思わなかった」

「これで屋台でもあったら夏の縁日だよね」

「お祭り騒ぎという意味では似たようなものだ」

「おお、君たち。やっと来たか」

声の主は、カピッツァ・クラブの沢野博史だった。

「あら、沢野さんも参加するんですか。この実験のこと、あれほどこき下ろしてたのに」

神谷がいうと、ちょっと嫌そうな顔で、

「アレキサンダー・クラウスから協力を要請されたんだ。付き合いだよ、付き合い」

と答えた。

「でも、一般の人たちは、今回の実験のことを根本的に誤解してるようだね。みんなで神様を呼び出すとか、なんでも願い事が叶うとか。なんでそうなるかね」

「沢野さんは、今夜、なにか起こると思います？」

「まさか」

と鼻で笑う。

「起こってたまるか」

「みなさん、一分前でーす」

この声は院生の小野くんだ。彼も来ていたのか。

うるさいくらいだった話し声が、少しずつ収まっていく。

ざわめきが消えていく。

沢野博史が口をすぼめて息を吐き、天を仰いだ。

神谷と健吾の表情も心なしか硬い。

どこからか虫の声が聞こえてくる。

月の光が眩《まぶ》しい。

＊

雲が切れて、月が丸い姿を現した。

男の子たちのはしゃぐ声が、下の方から聞こえてくる。たぶん、声変わりしたばかりの中学生のグループだろう。話の内容から察するに、彼らもクラウス実験の開始を待っているらしい。

ベランダから見渡せる住宅街の窓明かりも、深夜にしては多い気がする。そしてなにより、街の空気が、いつもと違う。

ある推計では、きょうの実験の参加者は、全世界で二十億人に達するという。また別のアンケートによれば、大半の人は宗教的な意味合いを考えず、単なるイベントとして楽しむつもりのようだ。

しかし、わたしと同じように、最後の望みをかけて、真剣に奇跡を待ち望む人もいるはずだ。自分や大切な人の病気を治してほしい。離ればなれになった人と再会させてほしい。亡くなった人を蘇《よみがえ》らせてほしい。神様でなければできないことを叶えてもらうために。

そんな人たちの情念が、かげろうのように地表から立ち昇っていると、莉央には思えるのだった。

十、九、八。

男の子たちの声が、カウントダウンを始めた。

七、六、五。

莉央は息を吸い込む。

四、三、二。

夜空に顔を向ける。

一。

そして、ゆっくりと。

ゼロ。

両手を、広げた。

＊

アレキサンダー・クラウスの提案した実験とは、協定世界時七月一日十六時、日本時間の七月二日午前一時ちょうどに、全世界の人々が同時に、空を向いて両手を左右いっぱいに広げ、その姿勢を三十秒間保つ、というものだ。できるだけ屋外で、という注文も付いていたが、難しければ屋内でも構わない、とのことだった。クラウスによればこれが、〈何者か〉の存在を受け入れるという、人類の意思表示になるのだという。

厳粛な、あるいは神秘的なものを期待していた人たちは、肩すかしを食った気分だったろう。こんなことで神を呼び出せるものかと、研究コミュニティだけでなく、宗教関係者からも嘲笑《ちょうしょう》された。しかし、このだれにでもできる容易さと気軽さが、世界中の人々に参加してもらうには必《ひっ》須《す》だったのだ。

それに、月明かりの下、三十人以上が両手を広げて夜空を見上げるＡＭＰＲＯの屋上は、十字架の林立する深夜の墓地を思わせて、それなりに厳粛といえなくもなかった。

＊

神様。

神様。

お願いです。

エルヴィンを、わたしのもとに、帰してください。

元気な姿で、帰してください。

神様。

神様。

どうか。

どうか。

どうか……。

＊

「三十秒、経過しました」

小野くんの声に、みな、ため息とともに手を下ろす。

どこかほっとしたような、でも少しだけがっかりしたような、そんな空気が漂う。

「な、やっぱりなにも――」

沢野が苦笑しかけたそのとき。

＊

空が真っ白になった。

月が消えた。
雲が消えた。
星が消えた。

闇《やみ》が消えた。
夜空が消えた。
宇宙が消えた。

街の上に広がるのは、もはや空ではない。

完全なる、空白。

＊

それは、ほんの数秒間の出来事だった。
だが、間違いなく、僕たちの目の前で起きたことだった。
夜空が元にもどっても、だれも、なにも、いわなかった。
静寂が、世界を覆いつくしていた。
神谷が、その場に、へたり込んだ。

第二部

第一章　聖地

1

郵便受けを開けると、一日分のチラシが溜《た》まっていた。間に郵便物や水道の検針票が挟まっていないか確かめたが、きょうはなかった。

エレベーターに乗り、五階のボタンを押してから、チラシにざっと目を通す。デリバリーのピザや寿司《すし》、近所のスーパーなど、いつもの顔ぶれに加えて、新興宗教のものと思《おぼ》しきリーフレットがあった。

表紙に、

『わたしたちといっしょに神の日を迎えませんか』

とある。

莉央は、三つ折りのそれを広げる。

左側のページに、真っ白になった空に動揺する人たちの様子が描かれていた。精いっぱいリアルに寄せてはあるが、デッサンが素人目にも狂っており、はっきりいって下手な絵だ。よく見ると、白い空の中に、大きな門のようなものが、うっすらと浮かんでいる。

真ん中のページには、くどくどと言葉が連ねてあるが、

『もうすぐ、ふたたび神の国の入り口が開きます』

『こんどこそ、愛する人と、愛するペットと、再会できるのです』

ということをいいたいらしい。

そして右側のページでは、左側の絵で動揺していた人たちが一転、天国のような場所で、両親やペットたちと再会を喜び合っている。

莉央は、醒《さ》めたため息とともにリーフレットを閉じた。

「嘘《うそ》ばっかり」

五階でエレベーターを降りた莉央は、外廊下を歩きながら鍵《かぎ》を取り出す。気持ちのいい夜風に乗って、芽吹いて間もない緑の匂《にお》いが流れてきた。夏を予感させる気配が、日に日に濃くなっている。

部屋のロックを解き、ドアを開けた。

「ただいま、エルヴィン」

照明の灯《とも》った玄関口。

そこに、行儀よく座るエルヴィンの姿があった。

いつものように、気品あふれる凜々《りり》しい顔を莉央に向けて、にゃあ、と鳴く。

2

あの日なにが起きたのか、まず事実関係を整理しておこう。

協定世界時七月一日十六時、日本時間の七月二日午前一時を三十五秒ほど過ぎたころ、全世界の空が真っ白に変わった。それは、閃光《せんこう》が空を覆い尽くしたとかではなく、空そのものが消えた、としかいいようのない現象だった。この状態は約四秒間続いた。一瞬の目の錯覚ではないと判断するには、十分な時間だった。

ところが、だ。

この様子は、多くの人によって、スマホやドライブレコーダーなどに記録されたが、そこでは空は白ではなく、例外なく真っ黒に映っていた。そして画像のデータを解析したところ、〈空〉に該当する部分には、画素に変換すべき情報が存在しないことがわかった。まさに空白だったのだ。

また、高度一万メートルを飛んでいたジェット旅客機では、地上と同じように、頭上の空が（肉眼では）真っ白に変わったことが、乗客の証言によって確認されている。しかしそのときも、眼下の雲、つまり地上の人間にとっては消えたはずの雲が、変わりなく見えていたという。

ちなみに、ジェット旅客機のはるか上空、高度四百キロメートルの軌道を回る国際宇宙ステーション（ＩＳＳ）からは、なんの異常も観測できていない。地球はいつもと同じようにそこにあり、宇宙はいつもと同じように星々の光に満ちていた。ただし、あの四秒間だけ、なぜか地上との通信が途絶えた。

以上が、現在までに判明している事実だ。

そして、これらの事実を科学的に説明できる理論は、いまのところ存在しない。

しかし、一般の人たちにとっては、そんな理論の有無などに関《かか》わりなく、この現象の意味するところは明白すぎるほど明白だった。メディアに躍った『神様はほんとうにいた！』という見出しがすべてを語っている。この宇宙を設計した〈何者か〉が実在し、人類の呼びかけに応《こた》えてくれたのだ。

僕の予想したとおり、宗教界はたいへんなことになった。まず既存の宗教の権威が失墜した。あれほど口を極めてクラウス実験を罵《ののし》っていたのだから、こうなってはもう立つ瀬がない。それでも一部の信者が反撃に出て、あれは神ではなく悪魔が応じたものであり、アレキサンダー・クラウスは悪魔の使いであると主張しはじめた。クラウス博士のところには匿名の殺害予告も届いたらしい。そのせいかどうか、実験以後、クラウス博士は公の場に姿を見せていない。アメリカ政府による保護を受けているという話も流れているが、真偽のほどは不明だ。

対照的に、かつてなく隆盛を享受しているのが、雨後の筍《たけのこ》のごとく生まれた新興宗教だ。とにもかくにも、神の手によるものとしか思えない奇跡を世界中の人が目の当たりにしたのだ。その奇跡に適当な解釈をぶち上げてもっともらしいストーリーに仕上げれば、それなりに説得力を持ってしまう。

とくに、信仰に縁のなかった人ほどあわてて駆け込むケースが目立つという。これはなにも新興宗教に限った話ではなく、たとえばヨーロッパ諸国やアメリカでは、閑古鳥が鳴いていた教会のミサも、いまや満員御礼状態らしい。それまで無神論を標榜《ひょうぼう》していた人がパニックを起こし、とりあえず手近な教会に通うようになったためではないか、と分析されている。いかに権威が失墜しても、ほかに選択肢《せんたくし》がなければ仕方がない、ということなのだろう。

さらに興味深い傾向としては、クラウス実験直後、世界的に犯罪発生率が有意に減少したというデータも示されている。なんだかんだいっても、やはり神様の目が気になるのだろうか。

一方で、

「違う。これはトリックだよ」

と言い続けているのは、神谷春海だ。

「クラウスは、あの時刻にあの現象が起こることを、理論的に予測していたんだと思う。昔の小説なんかでよくあるじゃない。科学の知識を利用して自分を魔術使いみたいに見せるパターン。たとえば日食。知っている人にとっては単なる天体ショーだけど、知らない人が見たらこの世の終わりかと思うでしょ。クラウスはそれを現代で再現しただけ」

世界各地で出没したガロアくんとその仲間たちについては、

「たぶんプロの俳優だね。そのうち、じつはクラウス博士から頼まれました、って、だれかが動画をアップするんじゃない？」

プロの俳優云々《うんぬん》はともかくとして、じつは神谷と同じように、あの現象は科学的に予測できていたのではないか、と考える研究者は少なくない。予測さえできれば、そこにくっつける理屈次第で、どんな意味も持たせられる。仮にクラウス博士が「ではみなさん、いまから三つ数えると、空が消えますよ。はい、ワン、ツー、スリー!」とやっていれば世紀の大マジシャン爆誕だったわけだ。

とはいえ、ではどんな原理であのような現象が発生するのか、となると皆目見当も付かない。かろうじていえるのは、人類にとって〈空〉という概念に対応するものが消えた、ということだけだ。だから、高度一万メートルを飛ぶジェット旅客機からは、眼下の雲は見えていた。乗客にとっての〈空〉とは、その雲の上に広がる空間だからだ。これは、高山地帯にいた人たちでも同様だ。

しかし、そうした人間の意識にまで踏み込んでくる現象が、自然に起こるとは考えにくい。同時刻に、ISSだけでなく気象衛星との通信まで途絶えた理由も説明できない。

そこは春日井健吾も同意見らしく、宇宙を設計した〈何者か〉あるいはそれに相当する存在は認めざるを得ないのではないか、という考えに傾いている。

「むしろ気になるのは、〈空〉を消したり、元どおりにしたり、自在に操作できるという点だ。〈何者か〉にとって、この宇宙は実体のない、ある種の仮想現実なのかもしれない。とすれば、俺《おれ》たちは、ほんとうに幻《ホログラム》だったことになる」

もちろん、この結論が正しいと決まったわけではなく、現時点では数ある仮説の一つに過ぎない。なにより、人類との交信を求めていたはずの〈何者か〉が、あの実験以降、なんのアクションも起こしてこない(いくつかの宗教団体や目立ちたがり屋の人たちが、独自に交信を試みたようだが、成功例は一つも確認されていない)。これは、クラウス博士の主張と矛盾しているように見える。この点に関しても、クラウス博士は沈黙を守っている。ようするに、あの現象の真相に関しては、いまだに混沌《こんとん》とした状況なのだ。

でも、すべてが明らかになる日は、意外に近いかもしれない。というのも、いまから約二カ月後の七月一日(正確には日本時間の七月二日午前一時)、つまりクラウス実験のちょうど一年後、ふたたびなんらかの奇跡じみた現象が見られるのではないかという期待が、世界中で高まっているからだ。はっきりとした根拠があるわけではない。なにかが起こるとすればそのときだろうという予測だけだ。それでも各国の研究機関では、こんどこそあの現象を科学的に解明すべく、あらゆる観測機器を総動員して臨むという。

3

莉央が窓を開けると同時に、エルヴィンがベランダに躍り出た。軽やかに着地して、にゃあ、と振り返る。莉央もベランダに立つと、安心したのか、端に向かって駆けだした。大した広さではないが、エルヴィンの気晴らしくらいにはなる。

今夜の風も湿っていた。このところ天気がぐずつき気味で、久しく日の光を浴びていない。いまも空が雲に覆われているらしく、星も月も出ていなかった。それでもエルヴィンは、駆けたかと思うと急停止し、暗い片隅を見つめたり、探るように前足を動かしたり、いきなり莉央を振り向いたりして、外の世界を楽しんでいる。

莉央は、やわらかく微笑《ほほえ》んでから、空を見上げ、両手を左右に広げた。


どうか、どうか、神様。

二度とエルヴィンを奪わないでください。

わたしからエルヴィンを奪わないでください。

どうか、どうか、お願いです。

そのためなら、わたしは、なんでもしますから。


――あの日。

空が真っ白に変わった、あの日。

夜空が元にもどっても、莉央は声を上げるどころか、息もできなかった。あちこちに窓明かりが灯っているのに、すべてが死に絶えたような静寂が辺りを包んでいた。どこからかすすり泣くような声が届き、莉央はようやく息を吐いた。肺に軋《きし》むような痛みが走った。街の空気もざわめきだした。外にいた中学生たちがなにか叫んだ。莉央は落ち着こうと深呼吸をした。するとこんどは呼吸が勝手に早まり、自分でも抑えられなくなった。あえいでいるのに酸素が身体《からだ》に入ってこない。目の前が揺れて暗くなる。こらえきれず、その場にうずくまった。

自分の目で、たしかに、見た。奇跡を、見た。いたのだ。ほんとうに、ほんとうに、いたのだ。神様が。ならば……。

莉央は這《は》うようにして部屋に入った。

「……エルヴィン?」

声を押し殺して呼んだ。

気配はない。エルヴィンが使っていたベッドも空のまま。

莉央は、身体から力が抜けて、動けなくなった。神様がいるとしても、願い事を叶《かな》えてもらえるのは、世界で七人だけ。自分なんかが選ばれるわけはなかったのだ。

微《かす》かな物音が聞こえた。

莉央は飛び上がるようにドアへと走った。もしかしたら、もしかしたら、と気ばかり逸《はや》ってドアガードやロックにうまく手が付かない。いつもの倍以上の時間をかけてロックを外し、ドアを開けた。

するとそこにエルヴィンがいたのだ。

斜《はす》に身構えていたエルヴィンが、莉央の顔を見るなり、にゃあ、と声を上げ、莉央の足下をするりと抜けて、我が家に帰ってきたのだった。

あの日——。

たしかに奇跡は起こった。しかし、ひとしきりエルヴィンとの再会を喜び、涙を流しながら神に感謝しているとき、莉央の背筋を寒いものが走った。

エルヴィンが神の力によって帰ってきたのならば、エルヴィンがこれからも自分とともにいられるかどうかは、神の意思一つに懸かっている、ということになりはしないか。神がその気になれば、この愛らしい姿をわたしの前から消し去ることなど、きっと容易《たやす》いのだから。

この気づきは、歓喜から一転、止《や》むことのない不安と恐れを莉央にもたらした。

エルヴィンは、いつ何時いなくなっても、おかしくない。次の瞬間には、この部屋にまた自分一人だけが、取り残されているかもしれないのだ。そんなことになれば、もう正気でいられる自信がない。でも、それを事前に知る手段も、防ぐ力も、わたしにはない。窓の施錠を確実にしても、ドアの鍵を変えても、エルヴィンをしっかり抱きしめていても、神の前では無意味だ。わたしはエルヴィンを守れない。

無力感に打ちひしがれた莉央にできるのは、毎夜こうしてベランダに立ち、空に向かって両手を広げ、ひたすら神の慈悲を請うことだけだった。

4

「一つ確認しときたいんだけど」

最後に声を上げたのは沢野博史。もちろん、掲げた右手は〈沢野ピストル〉だ。

「701に向けての予定は、ほんとになにもないの？」

「ありません」

神谷春海が即答した。

「カピッツァ・クラブは自主セミナーグループです。それ以上でもそれ以下でもない。たとえ世間がどう考えようと、です。当日どうするかは各自で決めてください。わたしも好きにします」

よろしいですか、と微笑《ほほえ》む神谷に、沢野が渋い顔をする。

「では、きょうはこれで。みなさん、ありがとうございました。芹沢《せりざわ》くんもおつかれさま」

参加者がいっせいに腰を上げて、3号セミナー室が騒々しくなった。きょうの講師を務めた院生の芹沢くんが、精根尽き果てたといった雰囲気を背中に漂わせて、ホワイトボードをイレーザーで拭《ふ》いている。神谷がそれを手伝いながら、なにか一言二言、芹沢くんに告げた。厳しい質問を浴びせたときとは別人のような柔らかな調子で。すると、芹沢くんの振り向いた顔がぱっと輝き、小さく頭を下げた。

カピッツァ・クラブのメンバーは現在二十名。昨年の七月二日以降、入会希望者が殺到した。といっても、最初に講師として話をする決まりなので、多くても一週間に一人しか入会資格は得られない。また、入会希望者にばかり話をさせると、講師を務める順番がメンバーに回ってこない、という弊害も生じる。神谷お気に入りの3号セミナー室のキャパシティにも限界がある。そういう事情もあって、二十名に達したところで募集をいったん打ち切った。その後も、院生の小野くんが博士論文に専念するために退会したり、ほかにもメンバーの転職や帰国などの事情で欠員が出たときにかぎって再募集をかけ、いまに至っている。

　入会希望者が急増した理由だが、例の論文がアレキサンダー・クラウス博士に取り上げられて有名になったこともあるだろうが、宇宙の設計者たる〈何者か〉がどうやら実在するらしいとわかり、その関係者（という言い方も変だけど）と思しき〈ガロアくん〉がふたたびセミナーに姿を現すのでは、という期待も大きかったのではないかと思う。つまりカピッツァ・クラブは、間接的にせよ〈何者か〉と接触できる可能性のある、数少ない場の一つなのだ。残念ながら、期待に沿うような出来事は、いまのところ起きていないが。

「アキラ、飯、行かない？」

「いいよ」

　僕は春日井健吾に答えて、

「神谷はどうするかな」

「いちおう聞いてみるか」

「あ、ごめん」

　聞こえていたらしく、神谷が僕たちを振り返っていった。だよな、と僕は健吾と苦笑する。

　僕は帰宅の準備をしてから、健吾と連れだって外に出た。それぞれのアパートまで大した距離もないので、二人とも移動はもっぱら自転車だ。

　前にも触れたけど、僕たちの所属する天文数物研究機構（ＡＭＰＲＯ）は天山大学のキャンパス内にある。キャンパス自体もかなり広い。ＡＭＰＲＯの研究棟はその北端に近いところに建てられており、周りをなだらかな緑地に囲まれていた（だから口の悪い学生はＡＭＰＲＯを〈僻地《へきち》〉と呼んだりする）。この緑地を抜け、国道を跨《また》ぐ橋を渡ると、各学部の校舎や図書館、研究施設が建ち並ぶ、天山大学の中心部だ。すでに午後七時を回っていたが、明かりの灯っている窓は少なくない。学生や教員らしき姿もちらほらと見かけた。

この中心部のさらに真ん中、キャンパスの臍《へそ》ともいえるのが、通称トルネード広場だ。中央に竜巻を模したモニュメント時計塔が立っている円形広場で、天山大学のシンボル的な場所でもある。このトルネード広場を突っ切り、幅の広いメインストリートをひたすら南に進めば、めでたく大学の正門に到達する。自転車ならば、ＡＭＰＲＯからゆっくり走っても、十五分あれば余裕だ。

キャンパスを出たところで、街灯の明かりの下、瞑目《めいもく》して祈りを捧《ささ》げる十人ほどの一団と遭遇した。すっかりおなじみの光景だが、最近になってまた増えてきた。わざわざ海外からやってくる人もいるそうだ。少し離れたところを、赤い回転灯を点《とも》したパトカーがゆっくりと通過していく。これもいつもと同じ。

ＡＭＰＲＯを擁する天山大学は、いまや多くの新興宗教において、神の使いが降臨した日本で唯一の場所すなわち聖地と見なされている。神の使いとはもちろんガロアくんのことで、宗教団体によっては〈天使〉〈使徒〉〈聖少年〉などとも呼ばれているらしい。そのせいで、ＡＭＰＲＯに侵入しようとする不届き者が後を絶たず、大学キャンパスへの関係者以外の立ち入りが以前に増して厳しく制限されるようになった。さらには、学生への強引な布教活動や、宗教団体どうしのトラブルも近隣で頻発し、こうして警察車両が巡回して目を光らせる事態となっているわけだ。

あの一件以来、世間的には『神様はほんとうにいた！』ということになっている。まあ、人類を超越するなにかが存在するのは間違いなさそうだが、それを〈神〉といってしまうのは性急すぎる。

〈神〉という言葉は、さまざまな要素を含有する。世界を創造しただけでなく、人間を支配し、守護し、愛し、ときに懲罰を与える。それらの要素が人の心を引きつけるのだろうけど、いまの段階で誤ったイメージが定着してしまうのは、まずいんじゃないかと思う。〈何者か〉が人類にどう関わってきたのか、これからどう関わってくるつもりなのか、まだなにもわかっていないのだから。

大学の周辺は、もともと学生向けの飲食店が多いが、僕が健吾とよく行くのは、お好み焼き専門店〈こらくえ〉である。値段が手頃《てごろ》な上、隣の席との間には天井までの仕切もあって、落ち着いて食事のできる貴重な店だ。

「七月一日、なにか起こるとしたら、なんだと思う？」

僕が鉄板にのばした生地に豚肉と千切りキャベツを重ねながら聞くと、健吾は早くも一枚目のお好み焼きをヘラで剝《は》がしながら答えた。

「前回は奇跡を起こして〈何者か〉の存在を人類に知らしめた。今回、同じことをしても意味がない。なにかをやるつもりなら、次のステップに移るはずだ」

「次のステップとは？」

「それは向こうの目的による」

ここのお好み焼きは、どれも至ってスタンダードだ。変に凝ったものも、奇をてらったものもない。いつ来ても、いつもと同じように美味《おい》しい。この安定感も貴重なのだ。

「一つ気になっているのは」

そこで言葉を切った健吾が、よっ、と声をあげてひっくり返すと、お好み焼きが小さな弧を描いて、軽やかに着地した。悔しいことに、彼は僕より焼くのが上手《うま》い。

「ガロアくんがなぜ俺たちの前に現れたのか、だ」

「僕たちだけじゃないだろ。クラウス博士のところとか、あちこちに来てる。ガロアくんの仲間だけど」

「そういう意味じゃなくて」

健吾がいいながら火の通り具合を確かめ、すばやく皿に取った。ソースとマヨネーズをたっぷり使って、がぶりとやる。

「どういう意味だよ」

「ちょっと待て」

健吾が口の中を落ち着かせている間に、僕も自分のお好み焼きをひっくり返す。具の一部が鉄板の上にはみ出た。

「つまりだ」

健吾が湯飲みに手を伸ばしてお茶を飲む。

「人類社会とコンタクトをとりたいのなら、国連事務総長とか、大国のリーダーとか、それなりの地位にある人物と接触したほうが後々やりやすかったはずだ。少なくとも、政治的には無力に等しい下っ端研究者の自主セミナーに乱入するよりは」

「クラウス博士がいってたみたいに、人類にみずからの叡智《えいち》で気づいてほしかったんじゃないの。政治家にあの数式を見せても居眠りされるだけだよ」

「政治家を説得するのに数式を使う必要はない。目の前で否定しようのない奇跡を起こしてみせればいい」

「それじゃあ自分の叡智で気づいたことにはならない」

「いや、そもそも向こうは、人類社会の政治には関心が」

健吾がそこまでいって箸《はし》を持つ手を止める。

「そうだ。向こうが接触してきたのは、俺たちを含めて、物理学や数学の研究者ばかりだ。しかも数式だけ並べてあとは考えさせるという、まわりくどいやり方で。つまり〈何者か〉の関心はそういう分野に集中している、という推測が成り立つ」

手を止めたまま、眠そうな目を宙へ向け、独り言のようにつぶやく。

「この宇宙が〈何者か〉によって設計された仮想空間だとして、目的はなんだ。なんのために、こんな宇宙を創った」

繰り返しになるが、健吾がよく口にする〈仮想宇宙説〉は、空が消えた現象を巡って飛び交っている種々雑多な仮説の一つに過ぎず、十分なエビデンスがそろっているわけでも、研究コミュニティで主流になっているわけでもない。いま彼は、そういうものから離れ、縦横無尽に想像力を遊ばせているのだ。

「なあ、アキラ」

視線はまだ宙をさまよっている。

「宇宙で最も極端な物理現象といえば、なんだ」

僕はしばらく考えてから、

「人類が知るかぎりにおいては、ブラックホールかな。宇宙に存在するあらゆる物質の最終状態でもあるわけだから」

あらためて簡単に説明すると、中心にきわめて巨大な質量が存在するために、空間が大きく歪《ゆが》んで時間の流れがほとんど止まり、光すら逃げ出せなくなった特殊な領域、それがブラックホールだ。一般相対論の計算では、その中心は大きさが無限に小さく、密度が無限に大きいという、常識的にはあり得ない数値をとる。これを特異点というが、近年、じつは特異点は存在しないという計算結果も発表されており、その全貌《ぜんぼう》はいまも謎《なぞ》に満ちている。

「それだ」

健吾の目がようやく地上に降りた。

「ブラックホールが生まれるような条件を設定して仮想宇宙を誕生させ、そこでブラックホールに関するデータを取る。いわばブラックホールのシミュレーションのための宇宙だ。たぶん向こうの世界でも似たような現象があるんだろう。物理学者や数学者に接触してきたということは、いずれは人類との共同研究を視野に入れてるかもしれない」

「ずいぶんと大胆に飛躍したな。でも、人類と共同研究したところで、向こうが得るものなんてあるかな」

「それはわからないぞ。中にいるからこそのメリットもある……かもしれない」

「だったら手始めに、僕たちのセミナーに正式に参加してほしいね。いまは定員いっぱいだけど、ガロアくんのために特別枠を作ってもいい。神谷も反対はしないだろうし。もちろん、あの数式をちゃんと説明してもらうことを条件に」

「いいな。おもしろい話を聞けそうだ。追加でなにか頼むか」

健吾がメニューを手にした。

ここからしばらくの間、僕たちはお好み焼きに集中した。こういう空想の翼を自由に羽ばたかせた議論は楽しいが、夢中になっているとあっという間に時間が過ぎてしまう。

「仮に、健吾のいうとおりだとしよう」

僕が議論を再開したのは、あとはお茶だけになってからだった。

「この宇宙は〈何者か〉がブラックホールの研究のために創った仮想空間だとする。ならば、その仮想空間で誕生して、文明まで築いた僕たち人類は、〈何者か〉にとっては、どんな存在だ」

「おまけ」

「おまけっ？」

「想定外の副産物みたいなものだ。だからこそ向こうは、人類に興味を持っている」

「ならば、その上で聞く。次のステップとして、七月一日になにが起こる」

「俺だったら、窓口を決める」

健吾の回答は早かった。

「向こうのメッセージを人類に伝え、人類のメッセージを向こうに伝える。つまり交信担当者だ。どういう形で交信するのか、毎回ガロアくんみたいなのが登場するのか、そこはわからんが、いずれにせよ、無用な混乱を招かないためにも、窓口を一本化する必要はある。問題は、だれにその重要な責務を負わせるか、だ。本来なら、それこそ国連事務総長とか、そういう人が選ばれるところだろう。なんといっても人類の代表なのだから。だが、向こうがあくまで科学分野の交流を望むのなら、大本命はアレキサンダー・クラウスだろうな。〈何者か〉の存在を予言し、あの実験を提唱した、今回の立役者なんだから」

「ん、ちょっと待て」

僕はあやうく叫びそうになった。

「その理屈でいくと、次点は……」

健吾が、そう、と愉快げな笑みを浮かべる。

「クラウスが実験を提唱するきっかけとなった論文の、事実上のファーストオーサーにして、実際にガロアくんとも絡んだことのある、我らが〈歩く神罰〉神谷春海。あいつも間違いなく、有力候補の一人だ」

5

次に発言を求めたのは、タケオと名乗った三十歳くらいの男性だ。青白い顔にメガネをかけている。そのメガネのブリッジを中指で押し上げてから、自分の両膝《りょうひざ》をぐっと摑《つか》み、

「もう、耐えられないんです」

と声を絞り出した。

「どこにいても感じるんです。咎《とが》めるような視線を。自分の部屋にこもっていても、トイレの中にいても、ぜんぜん気が休まらない。上からずっと見られている気がして」

円形に並べられた二十脚のパイプ椅子《いす》は、八割ほど埋まっていた。タケオの話を聞きながら、みな神妙な顔でうなずいている。

「いまこうして、しゃべっているときも、怖くてたまらないんです。僕がなにをいうか、じっと耳を澄ませて聞かれているようで」

それだけ話すと、顔を伏せた。

「結局、ビッグブラザーなんだよ」

別の男性が声をあげる。

「お名前を」

進行役の臨床心理士が穏やかに促す。おそらくは四十代の、優しい目をした女性だ。

「私ですか。ああ、ええと、ヒロユキです」

「ヒロユキさん。ではどうぞ」

こちらの野球帽を被《かぶ》った男性は、六十歳くらいだろうか。色黒の痩身《そうしん》で、背筋は真《ま》っ直《す》ぐ伸び、眼光も強く、いかにも壮健といった感じだった。

「私は、両親の影響もあって、若い時分から信仰を持っていました。人生で迷いが出たときは、必ず神に祈りました。そのたびに、心の中に声が聞こえて、進むべき道が示された気がしたものです。もちろん神の存在は信じていましたし、それを証する奇跡を待ち望む気持ちも、正直、ありました」

その眼差《まなざ》しが遠くを見る。

「あの日も、私は密《ひそ》かに期待していました。神の徴《しるし》となるような、素晴らしいなにかが起こるのではないかと。もし起これば、大勢の人が神を信じるようになり、もっといい世の中になる。みんなが幸せになれる。そう確信していました」

ぐっと口を引き結んでから、息を吸い込み、

「しかし、私は間違っていた。神とは本来、人の心の中にのみ存在すべきものだったんです。心の外、外部の世界に実在するようでは、もはや神ではない。我々を監視し、支配する者、そんなのはもう、単なる独裁者だ。しかも、我々が絶対に打倒できない、きわめて質《たち》の悪い独裁者なんですよ。私はいまでは神を恨んでいます。いまさらあんな奇跡など起こしてくれなくてよかったんだ！」

続いて若い女性が手を挙げた。まだ二十代だろう。学生のような雰囲気もある。エリカと名乗った。

「わたしは、自分の人生が、自分のものじゃなくなったような気がして。わたし自身の人生も含めて、なにもかもを自由にできるだれかが、どこかにいると思うだけで——」

空が消える現象によって神の実在が濃厚になってから、精神的に不安定になる人が増えていることは、たびたび指摘されてきた。そんな人たちが気兼ねなく不安を吐き出せる場として、このような会があちこちに生まれている。莉央がときおり参加するこの〈701を語り合う市民の集い〉も、そんな場の一つだった。毎週木曜日の午後七時から九時まで、市の保健センターの一室で開かれ、参加は無料で事前の申し込みも不要。途中退室も自由。発言するときは匿名で構わないが、他人の発言に対する意見や感想、論評は口にしない（そういうものを求める人には、心療内科やカウンセラーを紹介してもらえる）。あくまで不安を吐き出すだけの場だ。それでも、不安を抱いているのは自分だけではないと実感できれば、多少は気が楽になる。進行役はボランティアの臨床心理士が務めることになっていた。

「もう、よろしいですか。まだ時間はありますが」

発言者が途絶え、進行役の女性が参加者を見回す。

「ないようでしたら、きょうは……あ、いらっしゃいますね」

手を挙げたのは、莉央だった。

自分のそんな行動に、莉央自身がいちばん戸惑っていた。きょうも発言するつもりはなく、いつものように他《ほか》の人の話を聞くだけで帰る気でいたのだ。なのに最後の瞬間になって、どういうわけか手を挙げている。

「どうぞ。お名前は」

「……リオです」

あまりに急な転換に、仮名を考える余裕もなかった。なぜこんなことをしているのか。自分で自分がわからない。まだ心が追いつかない。それでも口は動く。勝手に動く。

「わたしは、あの日、神様に願い事をしました」

スマホに表示された自動給餌器《きゅうじ》の画像を見て、莉央はほっと息を漏らした。空のトレイの前で佇《たたず》むエルヴィンが、しっかり写っている。早くキャットフードが落ちてこないかと、焦《じ》れているような顔がまた愛らしい。

莉央がこの日最後の発言者となり、会は解散となった。自分がなにをしゃべったのか、莉央は覚えていない。ただ、心が少しだけ軽くなっているのは、確かだった。

吐き出したかったのだな、と思った。これ以上、抑え込めないところまで、不安が膨らみ切っていた。エルヴィンを失うかもしれないという不安が。このままでは心が壊れてしまう。だからわたしの身体は、わたしの気持ちの準備などにかまわず、右手を挙げさせたのだろう。

「リオさん」

保健センターを出て、夜道を最寄りのバス停に向かおうとしたとき、後ろから声をかけられた。

振り返ると、堅い笑みを浮かべた丸顔の女性が近づいてきて、莉央の前に立つ。メイクのためか、あるいは街灯の光のせいか、二十代にも四十代にも見える。これまでも会場でなんどか見かけた顔だが、発言を聞いた記憶もなければ、言葉を交わしたこともない。

「ナツキといいます。少しだけ、お話しさせていただけませんか」

宗教の勧誘だ、と直感した。この手の集まりに宗教関係者が潜り込んでいるという話はよく聞く。不安を感じている人は勧誘に応じやすいと思われているからだ。会場での布教行為は禁止されているが、外に出てしまえば関係ない。

「ごめんなさい。急ぐので」

莉央がその場を離れようとすると、

「わたしたちを助けてください」

その声のあまりに切実な響きに、莉央は思わず足を止めた。

「わたしたちは、ずっと、探しているんです。いえ……」

一途《いちず》な目で、莉央を見つめてくる。

「探していたんです。あなたのような方を」

6

701（最近は七月一日のことをこう呼ぶことが多い。文脈によっては、この日に起きた例の現象を指すこともある）が近づくにつれて、世の中の空気がおかしくなっていることは、日々AMPROとアパートを往復するだけの僕にもわかった。

たとえば、天山大学の周辺で見かける新興宗教の信者と思しき姿が、急激に増えた。それまでも多くなっているとは感じていたが、六月に入ってからの増え方は異常だ。しかも、どの宗教団体もみんなぴりぴりしており、一触即発といった緊迫感を漲《みなぎ》らせている。きのうの帰り道なんか、五、六人の集団と遭遇したのだが、その中の小柄な男性が、僕に気づくなり両手を広げて前に立ちはだかった。そして、泡食って自転車のブレーキを握った僕に詰め寄ってこう言い放ったのだ。

『おまえ、AMPROの人間か？』

この言動。この表情。明らかに自分たちのことしか目に入っていない。

僕は危ういものを感じて、

『違いますよ』

と穏便に答えた。

『AMPROになにかご用ですか』

とさらに穏便に尋ねると、

『おまえには関係ない』

もう行け、と手で追い払われた。それまでも信者の人と言葉を交わしたことはあるが、こんなあしらわれ方は初めだった。

「それ、俺もやられた」

というのは春日井健吾である。

「俺は先週だ。もしかして同じ連中じゃないか」

ただ健吾はこれでけっこう短気なところがあり、

『人にものを尋ねるときはまず自分から名乗るのが礼儀であろう（大意）』

と言い返したらしい。すると相手は悪びれる様子もなく、こう答えた。

『我らは神の代理人となる御方《おかた》に仕える者だ』

『ほう。では、私がＡＭＰＲＯの関係者であったなら、なんとする』

健吾がさらに問うと、

「ちょっと待て。おまえ、なんでそこでわざわざ挑発するようなことをいうんだよ」

「おもしろそうだったから」

「あんまり刺激しないほうがいいと思うよ。ああいう人たち」

「で、相手はなんて答えた」


『我々をそこに案内しなさい』

『ＡＭＰＲＯになんの用か』

『おまえが知る必要はない。とにかく我々を案内すればいい。我々がそこに行くことは神の意志だ。神に従いなさい』

「さすがに付き合いきれなくなって逃げたよ」

健吾がコーヒーカップに口をつけてから、

「神谷はそういうの、ないのか」

「だって、わたし車だし」

神谷春海は自家用車で通勤している。しかも、けっこうな高級車だ。もともと家が裕福とのことで、うらやましいかぎりである。

「でも、AMPROに来てどうするつもりだったんだろ」

「聖地巡礼でしょ」

「それだったら、いままでもたくさんいたじゃない。そういう雰囲気じゃなかったよ。なんというか、もっとやばい感じで」

「たしかに、神の代理人なんて言葉を聞くのは初めてだったな。なんだ、神の代理人て」

「以前、健吾が〈こらくえ〉でいってた交信担当者みたいなもんだろ」

「なるほど。そこに宗教のフィルターをかけたものが〈神の代理人〉というわけか。ひょっとして、俺たちの話を盗み聞きしてパクったんじゃないか。よし、こんど会ったら問い詰めてやる」

「やめなよ。マジでなにされるかわかんないから。それより、どうするの、当日」

いま僕の居室に三人がそろっているのは、これを相談するためだった。

各地で神社や仏閣が破壊される事件が多発している、というニュースを最初に目にしたのは、やはり六月に入ってからだ。破壊といっても、せいぜい落書きをするとか墓石や石灯籠《いしどうろう》を倒すくらいなのだが、器物損壊かつ罰当たりであることには違いない。これも新興宗教の信者たちの仕業かと思いきや、どうもそうではないらしい。ここにきて犯行声明が出されたのだ。

声明の主は〈神の存在を否定する人類の会〉あるいは〈否神会〉と自称する集団だった。正確には、組織だった集団というより、思想を同じくする者がその名称を使って各自で行動を起こしているような感じらしいが、その彼らの主張を簡単にまとめるとこうなる。

『701は単なる自然現象であり、奇跡はフェイクだ。神など存在しない。この世界の主は人間である。もし神がいるなら、いますぐ我らに天罰を下してみよ。いまも我々が健在であることが、神のいないなによりの証拠である』

神谷のトリック説（そういえば彼女も、最近はこの説を口にしなくなった）に通じる部分もないわけではないが、問題は、彼らが最終的な破壊目標として掲げる場所が、みんなの聖地、ここAMPROであることだった。しかも決行日まで予告している。それが七月一日だ。

「まったく、行動力のある馬鹿は始末に負えんな」

健吾でなくとも、そうぼやきたくなる。

天山大学は、当日AMPROだけでなく、キャンパス全体を閉鎖することを早々に決定した。ただでさえ七月一日には宗教団体が殺到することが予想されるのに、そこにこのテロ予告である。実際にテロが決行される可能性は低いかもしれないが、学生や職員の身の安全を考慮すればやむを得ない。しかしこれで、前回のように701をAMPROの屋上で迎えることはできなくなった。じつはちょっと楽しみにしていたのだが。

「ねえ」

神谷がいった。

「よかったら、うち来る？」

7

路線バスを降りると、中央総合病院は目の前だった。地域の基幹病院だけあって、総合病院としてもかなり大きいほうだろう。道路を挟んだところには広大な外来者用駐車場があり、人と車の出入りが絶えない。

あの夜の〈７０１を語り合う市民の集い〉の直後、ナツキと名乗る女性から、どうしても会ってほしい人がいる、と告げられた。この病院の一室に、その人が入院しているという。

正面玄関の自動ドアを入ると、足早に近づいてくる人影が一つ。ナツキだ。ずっと待っていたらしい。

「リオさま」

歓喜もあらわに莉央を見つめる。

「お待ちしておりました。ほんとうに、ありがとうございます」

こうして明るいところで見るとよくわかる。彼女の目つきは、ほかの人とは違う。迷いや揺らぎをいっさい感じさせない。

「ご案内します。どうぞ、こちらへ」

「話を聞くだけでいいんですよね」

莉央は念押しするようにいった。

「はい」

とナツキが答えた。

「少し歩きます」

その言葉どおり、しばらく廊下を歩いてから、病棟の七階に上がる。エレベーターを一歩出ると、病院らしからぬ静けさに包まれた。床や壁の上質な素材と、そこに優しく降り注ぐ照明の醸《かも》し出す空気は、高級ホテルを思わせる。ずらりと並んだ焦げ茶色の大きなドアには、おそらくは真鍮《しんちゅう》製だろう、ルームナンバーが金色に輝いていた。

「こちらです」

ナツキが七〇三号室の前で止まり、ドアの横にある白い正方形の部分にカードのようなものをかざすと、ドアが静かにスライドして開いた。

「リオさまがお見えになりました」

抑えた声で中に伝えてから、莉央を振り返り、

「どうぞ」

と手で促す。

莉央は、心臓の鼓動を感じながら、足を踏み入れる。オゾンのような匂いが鼻先を掠《かす》めた。

正面奥に広がるリビングらしき空間には、四人掛けのソファセットとテレビが見える。ナツキが先にその部屋に入り、壁の陰になっている右手に向かって、笑みを浮かべた顔でうなずく。

莉央は、ナツキのうなずいた相手が見えるところまで進む。

ナツキが、莉央に向き直って姿勢を正した。

「リオさま、あらためて紹介させていただきます。こちらが、センキア会の三代目会長、池沢美《いけざわみ》鶴《つる》です」

そして、ベッドに少しだけ顔を近づけ、

「リオさまです」

「よく来てくださいましたね」

おっとりとした、耳に心地のよい声だった。

背上げしたベッドに身体を預けているのは、白髪が豊かで美しい、ふくよかな女性だ。メイクは口紅だけのようだが、縁の細い眼鏡《めがね》がよく似合っており、気品さえ漂わせている。表情ににもにじみ出るような明るさがあり、とても病人には見えない。

「こんな格好でごめんなさいね」

白地に小さな花をちりばめたパジャマも、おろしたてのようにきれいだった。

「正直に申し上げて、なぜ来たのか、自分でもよくわかりません」

実際、今朝までは、来るつもりではなかったのだ。ナツキの話は唐突すぎるし、なにより、相手が宗教団体ということで、心理的な抵抗もあった。でも、なぜか自分はいま、ここにいる。理由を聞かれても、答えようがない。

「どうぞ、お掛けになって」

ベッド脇《わき》の、背もたれと肘《ひじ》掛《か》けの付いた椅子に、莉央は腰を下ろす。

ナツキが、お茶を持ってきてくれた。サイドテーブルに置いてから、

「では、わたしはこれで」

と一礼して、部屋を出て行った。

「ごめんなさいね。どうしても、あなたと二人でお話ししたくて」

この人の眼差しもナツキと同じだ、と思った。いや、ナツキ以上だった。穏やかではあるが、自分の中に迷いがまったくない目だ。恐ろしいほど透き通っている。

「どうか、わたくしの前では、かしこまらないでください。教団では、いちおう教主ということになっていますが、信者でもないあなたには、関わりのないことですものね。それにわたくしは、霊能力もなにもない、ただのおばさんです。わたくしの伯母は、もしかしたら本物の能力者だったのかもしれませんが」

彼女の伯母とは池沢清子《きよこ》で、実弟つまり池沢美鶴の父である池沢彦一郎《ひこいちろう》とともにセンキア会を創設した人物だ。ナツキから簡単な説明はあったが、莉央は自分でもネットで調べてみた。

センキア会の創設は戦後間もないころで、清子の中にある日とつぜん神の言葉が降ってきたことに始まるとされている。訪ねてきた人の悩みを聞いて神の言葉を伝えたり、祈禱《きとう》で病気を治し

たり、といった方法で徐々に信者を得たが、しばらくは小規模な教団に留《とど》まっていた。それが、彦一郎の提案で東京に拠点を移したころから、うまく高度成長期の波に乗って大きくなる。あの時代は、家族から遠く離れて上京する若者が急増し、都会で孤独を感じやすい彼らにとって、新宗教は仲間をつくる格好の場所だったのだ。現代と違い、ネットも携帯電話もなかったころの話である。

その後は、時代の移り変わりや、有力な幹部の独立などによって、一時の勢いこそ失ったものの、新宗教としてはそれなりに堅実な教団運営を続けている。少なくとも莉央が調べたかぎりでは、過去に悪質な事件を起こしたり、社会問題になったことはない。その点は、安心材料ではあった。

「ナツキからもお伝えしてあるかと思いますが、あなたにお願いがあるのです」

「わたしがお役に立てるとは思えませんが」

「事情をお話しします。そのために来ていただいたのですから」

池沢美鶴が、ゆっくりと息を継ぐ。

「さきほど、わたくしに霊能力はないと申し上げましたが、少なくともあの日、昨年七月の、世間でいうクラウス実験の日までは、わたくしにも神の声が聞こえていました。というより、聞こえると思い込んでいた、といったほうがいいかもしれません。なぜなら、わたくしはあの日に起こることをまったく知らなかったからです」

情けないことですが、と自嘲《じちょう》の笑みを浮かべる。

「神の声は、わたくしになにも告げてくださらなかった。あんなに大きな出来事が迫っていたのに。だからわたくしは、あの夜の奇跡をこの目で見ていません。翌朝になって世の中の騒ぎを知り、なにが起きたのかを理解したのです」

小さくため息を漏らす。

「たとえばですが、予言が外れたくらいなら、いろいろ理屈をこねて正当化することもできるでしょう。信仰を試されているとか、教祖の力で災いを食い止めたとか。昔からよく使われる手ですね。でも、教主たる自分の与《あずか》り知らぬところで、あんな明々白々たる奇跡を起こされては、どうにもなりません。教主の面目まる潰《つぶ》れです」

いたずらっぽく笑った。

「聞くところでは、ほかの教団もたいへんだったようですね。イエスだ釈迦《しゃか》だ国常立尊《くにのとこたちのみこと》だと、苦労して作り上げた教義体系が、ぜんぶ吹き飛んでしまったのですから。それに、いつまたあのような奇跡が起こるかと思うと、うかつなことは口にできません。わたくしも、こうなってはセンキア会は解散するしかない、と思いました。もう信者のみなさんもわたくしの言葉など信じないだろうと。ところが、実際は、逆だったのです」

視線を莉央に向ける。

「じつをいえば、ここ二十年ほど、センキア会の信者の数は減り続けていました。時代も変わり、心の拠《よ》り所としての役割は終わりつつあったのでしょう。しかし、クラウス実験を境に、徐々にではありますが、また増えはじめたのです」

「なぜ、ですか」

　莉央は思わず尋ねた。

「クラウス実験の結果、神を信じるかどうかという問題は、過去のものになりました。神の実在は証明された。問われるべき核心は、その神とどう向き合えばいいのか、に移りました。信者のみなさんは、その答えを求めてきたのだと思います」

　池沢美鶴が悲しげに首を横に振る。

「でも、それは、わたくしにもわからないのです。実在する神がどのような神なのか、いまの段階では、だれにも知りようがないのですから」

　目を宙へと向ける。

「これまでは、どのような神を崇《あが》めようと、教義体系に合いさえすれば、それでよかった。架空の存在と割り切って、自由に設定することができたわけです。でも、クラウス実験以後は、そうもいかない。神はもう、架空の存在ではなくなったのですから。ある意味、クラウス実験は、宗教を終わらせたのかもしれませんね」

　莉央に目をもどして、

「たしかに、どのような神なのか、わたくしたちにはわかりません。しかし、あえてこの時代に、神が自らの実在をお示しになった以上、そこには大きな意図があるはずです」

　話がどこへ向かうのか。

「リオさん」

莉央は身体を硬くする。

「七月一日にふたたび奇跡が起こる、という噂《うわさ》をご存じですか」

「ネットで読んだことはあります。とくに根拠はないとのことでしたが」

「そのとおり、根拠はありません。単なる噂です。しかし、なぜか、世界中の人が、なにかが起こることを前提に、準備を進めています。考えてみれば、これも不思議なことではありませんか」

池沢美鶴の瞳《ひとみ》は、莉央を捉《とら》えて微動もしない。

「わたくしは、これから神がなにをなされようとしているのか、その一端が示される日になると考えています。おそらくは、神に代わって神の意思を人々に伝える、神の代理人が指名されるでしょう」

とつぜん出てきた〈神の代理人〉という言葉に、莉央は困惑する。

「なぜ、そこまで具体的にいえるのですか」

「さあ、なぜでしょう。でも、そう確信できるのです」

莉央は、この女性に対して初めて、ぞっとするものを感じた。

「リオさん」

「はい……」

「その代理人の一人に、あなたが選ばれます」

一瞬、なにをいわれたのか、理解できなかった。

「ですから、その日、聖地に赴いていただきたいのです」

「……聖地」

「神の使いが降臨したという、天山大学の中にある施設です」

「そこに行けと」

池沢美鶴がうなずく。

時間に空白が生まれた。

「困ります」

莉央はやっとの思いで返す。

「わたしは、そのような、大それた人間では、ありません」

「あなたは、クラウス実験のとき、神によって願いを叶えられたのでしょう」

池沢美鶴の、恐ろしいほど透き通った目が、莉央を見据える。

「それは、とりもなおさず、神があなたを選んだことを意味するのではありませんか」

莉央は、思考が空回りするばかりで、なにも考えられない。

「あなたの大切な黒猫が、保健所であなたの前に現れたのは、ほんとうに偶然だったのでしょうか。そして、その子が一時、あなたの前から姿を消したことも」

池沢美鶴が続ける。

「ナツキとお会いになったあの集まりで、あなたは終了間際に手を挙げて発言されたそうですね。そのおかげで、ナツキはあなたを見つけることができたのですが、そのとき、手が勝手に挙がるような感覚はありませんでしたか」

　心臓が大きく跳ねた。

「なぜ、わかるのです」

「思ったとおり」

　表情を緩めていう。

「すべては神の御心《みこころ》に導かれてきたのです」

　導かれてきた。

　その言葉は、莉央の心の壁をすり抜け、胸の奥深くまで染み込んだ。

「そうでなければ、いまあなたがこうして、わたくしの前にいることは、なかったはずです」

　池沢美鶴が、ほっと息を吐いて、肩の力を抜く。

「わたくしの話は、これだけです。あとの判断は、お任せします」

「行くも行かないも、わたしの自由なのですか」

「もちろんです。神に導かれているあなたに、わたくしごときが指図などできますか。でも、あなたはきっと行くでしょう」

　眩《まぶ》しそうに目を細めて、

「当初は、センキア会の代表として、聖地に行っていただくつもりでした。わたくしは一月《ひとつき》ほど前からこのような状態ですし、かといって七月一日の出来事を無視することは、宗教者の端くれとしても許されませんからね。ナツキを使って、神に選ばれた方を探していたのも、そのためです。でも、いまは違います。あなたを見た瞬間にわかりました。あなたは、センキア会だけではなく、もっと大勢の人たちの代表として、神と関わることになる方です。神は、あなたを聖地に向かわせる仕事を、わたくしどもにお与えになった。それだけのこと。どうやら役目を果たせたようです」

そして最後に、真顔でいった。

「ナツキを付けます。頼りになる子です。いつでもお使いになってください」

まだ頭がくらくらする。考えなければならないことが多いのに、なにも考えられない。

病院からはナツキの車で送ってもらい、最寄りのコンビニで下りた。とくに買い物があったわけではないが、自宅のマンションを知られることには、まだ抵抗を感じたのだ。

池沢美鶴の話を、完全に受け入れたつもりはない。腑《ふ》に落ちないところもある。どのような理屈をつけても、根底は宗教なのだ。最終的には、教祖の言葉を信じるか信じないか、という一点に行き着く。池沢美鶴の言葉を信じているのか、自分でもわからない。わからないということは、信じていないのか。それとも、信じていると認める勇気がないのか。

マンションに帰り着き、ドアを開けた。いつものように、エルヴィンがそこにいた。しかし、莉央が抱き上げようと手を伸ばすと、ぷいと尻尾《しっぽ》を向けて逃げた。リビングに入ったところで振り返り、じっと莉央を見つめる。そこにいるのがほんとうに莉央なのか、見極めようとするかのように。

「どうしたの、エルヴィン」

莉央は、帰宅したらまず手を洗うことにしている。その習慣の力だけで脱衣所に入り、洗面台の前に立つ。泡石鹸《あわせっけん》を掌《てのひら》に受けようとしたとき、ふと鏡の中の自分と目が合った。

同じ目をしていた。

池沢美鶴やナツキと同じ、異様に透き通った目を。

8

甘く見ていたのかもしれない。

僕は、教えられた病院に向かうタクシーの中で、歯噛《はが》みして悔やんだ。事態は、僕たちの予想をはるかに超えて、危険な領域に入っていたのだ。

「お客さん、大学の人？」

運転手の呑気《のんき》な声に、思わずかっとなりかけ、あわてて自分を抑える。

「……ええ、まあ」

「早く終わってほしいですよねえ」

車は赤信号で停《と》まっていた。前方の横断歩道を、おびただしい数の歩行者が、車のヘッドライトに照らされながら渡っている。

「あの人たち、よそから来た宗教の人でしょ」

車窓の外に広がる夜の街には、五、六人から十人くらいの集団の姿が、やたらと目に付いた。集団ごとに同じ目、同じ顔つきをしている彼らは、運転手のいうとおり、まず間違いなく、宗教団体だろう。明日に迫った701に備えて、続々と現地入りしているのだ。

「最初のころは、お客さんが増えて喜んでたんですけどねえ。最近、柄が悪くなっちゃって」

信号が青に変わり、車が動きだす。運転手は高齢の男性だが、ハンドルさばきはしっかりしている。おしゃべりも達者なようだ。

「料金を踏み倒そうとするのがいるんですよ。自分たちは神のためにここに来てるんだから、乗ってやるだけありがたく思えって、逆に布施を要求されたこともあります。もう無茶苦茶」

その知らせがスマホに着信したとき、僕はちょうどシャワーを浴びていた。タオルで身体を拭いて一息吐《つ》いたころ、メッセージが入っていることに気づいた。神谷春海からだった。

『健吾が救急車で搬送されたみたい』

神谷によると、健吾はAMPROからの帰宅途中、宗教関係者の一団とトラブルになり、暴行を受けたという。けがの程度はわからないが、頭部からの出血がひどいらしい。

タクシーを降りた僕は、病院の夜間通用口に走った。中に入ると、神谷が先に来ていた。僕を見て小さくうなずく。こんなに青ざめた彼女を見るのは初めてだ。

僕は神谷の隣に腰を下ろす。

「どうなの、健吾は」

「いまも処置が続いてる」

夜間用の待合いスペースには、三人掛けのベンチが八台、二列に配置されている。僕たちのほかに、老母とその娘らしき女性二人と、白いポロシャツを着た中年男性がいた。みな硬い表情でうつむいている。

「まさか、死なないよな」

「脳がダメージ受けてなければいいんだけど」

遠くから救急車のサイレンが聞こえてくる。だんだんと大きくなる。

「相手はまだ捕まってないって。どこの教団かもわからないみたい」

「そう……」

「天罰が下ればいい」

神谷が低い声でいった。

9

夜の高速道路なんて何年ぶりだろう。

ヘッドライトを浴びて白く輝く二列の破線が、車の左右を飛ぶように後ろへ流れていく。はるか前方に光る赤いテールランプは、大型トラックだろう。ナツキの運転するワンボックスカーは、じゅうぶんな車間距離を置いて、その後ろを走っている。右側の車線では、制限速度をはるかに超過した車が、ロケットみたいに莉央たちを追い越していく。街を抜けるまで頭上に列をなしていた照明灯は、すでにない。そのぶん夜空が近くなり、このまま宇宙へだって行けそうな気がした。

「次のサービスエリアで休憩しましょう」

ナツキがいった。会ったころに比べると、声の距離が近くなっている。

「そうですね」

莉央も同様だった。

出発してから一時間ほど経《た》つ。その間、ナツキは自分がセンキア会に入会するまでの経緯を話してくれた。内容自体は深刻なはずなのに、彼女の語り口が軽妙で、聞いているうちについ笑みを浮かべてしまうほどだった。

ナツキは、莉央より背が頭一つ低く、歳《とし》もいくつか下のようだが、池沢美鶴のいったとおり、たしかに頼りになる女性だった。それに、こうして話してみてわかったが、性格も気さくで明るい。

それで気を許したのか、莉央も失敗した結婚のことを打ち明けた。エルヴィンが連れ去られたと思い込んで別居中だった夫のところに乗り込み、防犯ブザーをベッドの下に放《ほう》り込んで逃げる件《くだり》では、ナツキも歓声をあげた。ハンドルを握っていなかったら拍手していただろう。二人とも離婚歴があるとわかったことで、妙な連帯感まで生まれていた。

「会長さんは、いい意味で、教主らしくない方ですね。あけっぴろげというか」

だから、こんな話題も口にできる。

「教主というと、自分の言葉に自信たっぷり、というイメージがあったので、意外でした」

「本人は謙遜《けんそん》したと思いますけど、会長の霊能力は本物ですよ」

「わたしが神に選ばれたというのも？」

「こうして聖地に向かっていることが、その証《あかし》です」

「わたしには、行かないという選択肢はなかったんです。なんでもすると神に誓ったのだから」

これまでの一つ一つの出来事は、偶然で片付けようと思えばできないことはない。あの日にエルヴィンが帰ってきたことでさえ、たまたまあのタイミングで戻ってきただけ、と考えても不都合はない。あるいは、エルヴィンを拾ったマンションの住人が、奇跡を目の当たりにしたことで神の罰を恐れ、あわてて返してくれたのかもしれない。これなど、いかにもありそうだ。

ところが、いまの莉央は、一連の出来事の総和を前にしたとたん、すべてが一つの大いなる意図に貫かれていると感じてしまうのだった。神が実在することは間違いないのだから、その神の意志が働いたとして、なんの不思議があろうか。むしろ、なにも働いていないとするほうが不自然ではないか。

「それでもやっぱり、たとえ選ばれたとしてもですよ、自分がこんな大役を果たせるとは思えないんです。神の代理人だなんて」

「大丈夫。神が導いてくださいますよ。きっと」

この後の予定だが、まず今夜のうちに天山大学周辺を下見しておく。この時間、キャンパスはすでに閉鎖されているらしいが、明日は混乱を避けるために開放されるのではないか、との憶測もある。ナツキによれば、当日キャンパス内にあるＡＭＰＲＯの建物までたどり着くのが理想だが、難しければ大学近辺でも構わない、とのことだった。

「全国から集まってくる宗教関係者は数万人ともいわれています。それだけの人が神の啓示を求めて一カ所に殺到するのですから、不測の事態が起きることはじゅうぶん考えられます。無理はしないようにしましょう。会長からもそう念を押されています」

きょうから二泊することになっているビジネスホテルは、天山大学から離れていて、車で三十分以上かかるらしい。近場のホテルはすべて満室だったからだ。

明日は早めにホテルを出て、車を大学近く（といってもキャンパスまで一キロメートル以上ある）の有料駐車場に停め、そこから歩いて移動する。最悪、駐車場がどこも満車で停められないときは、行けるところまで大学に近づいてから、莉央だけ車を降りて聖地に向かうことにしていた。

いずれにせよ長丁場になる。水分補給はもちろんだが、現地ではトイレにも行けないと想定して、それなりの対策をしておかなければならない。

エルヴィンはペットホテルに預けてきた。自動給餌器があるので一泊くらいなら空けられるが、二泊となると不安が先に立つ。

第二章　701

ご心配をおかけしたが、とりあえず春日井健吾は大丈夫だ。骨にも脳にも異常はなく、額を何針か縫っただけで済んだ。翌朝には歩いて退院できたくらいだ。

相手がどこの教団だったのかは、やはり健吾にもわからないらしい。教団名を掲げた幟《のぼり》を立てていたのでもなければ、そろいのTシャツを着ていたわけでもないからだ。ただ、以前トラブルになりかけたところとは別のグループではあるようだ。つまり、今回のような事件を起こしかねない教団は一つや二つではない。彼らは自分たちの神を背負って来ている。我々は神の意志で動いており、我々に反する行為は神に反する行為に等しい。そんな考えに取り憑《つ》かれた人たちが、全国から天山大学に集結する日が、今日なのだ。

「ＡＭＰＲＯにいなくて正解だったな」

ゆったりと背を預けてソファに座る健吾が、壁に掛けられたテレビを眺めながらいった。

いま大画面に映し出されているのは、天山大学周辺の様子を空から撮影したライブ配信映像だ。広大なキャンパスは暗闇《くらやみ》に沈んでいるが、周りは街灯や道路灯、臨時に設置された照明器具の光で、昼間のように明るい。キャンパス付近の道路はきょうの午後から車両通行止めになっており、いまはそこにも人があふれていた。どこかの国の反政府デモみたいな光景だ。

警察車両の回転灯も、あちこちで赤い光を煌《きら》めかせている。警察官は多数配置されているようだが、人の流れを制御できているとは思えない。というより、流れが生まれずに澱《よど》んでいる。それはそうだろう。終わったらおとなしく帰る花火の見物客ではない。志を同じくする集団が整然と行進するデモとも違う。それぞれの神に突き動かされた人々が、それぞれの思いを抱いてひたすら聖地を目指す、無秩序な大群衆なのだから。

その聖地を擁する天山大学キャンパスは、昨日の午後九時半を以《もっ》て閉鎖されている。門があるところは固く閉じられ、そうでない箇所はバリケードと警察の特型警備車が塞《ふさ》いでいる。夜になったら開放されるという噂《うわさ》も流れたようだが、いまのところそれらしき動きはない。だからみな、キャンパスに可能なかぎり近づいて張り付くことしかできないでいる。

それにしてもまだ午後十時だ。予定の時刻（といっても、これにも確たる根拠があるわけじゃないが）まで三時間もある。それまでこの状態が続くのか。続けられるのか。そしてその時が訪れたとき、どうなるのか。

「ほんとに、また奇跡が起こるのかね」

健吾は、頭に巻いた包帯のせいか、いつにも増して眠そうに見える。

「世界中の人がそう思い込んでる。不思議といえば不思議だよね」

神谷春海はベッドに腰掛けていた。

「〈何者か〉の意志が働いていると？」

足を投げ出して床に座っている僕がいうと、

「あり得ると思う」

「あれ。トリック説は?」

「仕方がないでしょ。〈何者か〉か神様か、どっちでもいいけど、存在するとでも考えないかぎり説明できないことが多すぎる。ガロアくんを演じた俳優さんもぜんぜん名乗り出てくれないし。ただ……」

歪《ゆが》んだ微笑を浮かべる。

「……悔しいよねえ。人間が自分の力で宇宙の謎《なぞ》を解き明かせなかったことは」

神谷が住む賃貸マンションは、築年数の浅い、広々とした1DKだった。「散らかってるけど」と本人は謙遜《けんそん》したが、じゅうぶん整理《せいり》整頓《せいとん》が行き届いている。ただし「クローゼットを開けたら殺す」そうなので、これ以上言及するのは控えたい。

きょうの僕は、朝から自宅アパートでだらだらと過ごし、夕食を済ませてシャワーを浴びたあと、午後九時ごろ神谷に迎えに来てもらった。神谷の車には健吾が先に乗っていた。その時刻、すでに沿道には人がひしめき、大学へ向かう車線は渋滞していた。

「それでも、なんでいまさら、という疑問は残るんだよなあ」

健吾が視線を天井へ向ける。

「現代ほど神が蔑《ないがし》ろにされてる時代はない。少なくともクラウス実験まではそうだった。人類が神の降臨を死ぬほど待ち望んだ時代には、なにもしてこなかったくせに」

「空気読めないいんじゃない?」

神谷が、自分の言葉を鼻で笑ってから、大きく息を吸う。

「神になるのを避けたかったたってことなんでしょ、クラウスの指摘が正しいとするなら。うまくいってるとは思えないけど」

「そういえば」

僕はいった。

「クラウス博士、今回は結局、なにも声明を出さなかったな」

「この一年、消息もほとんど聞かなかったしね」

「やっぱり殺害予告のせい？」

「それよりも、アメリカ政府の意向が働いてる可能性がある」

健吾が目をもどす。

「クラウス博士は〈何者か〉との窓口、流行《はや》りの言い方をすれば〈神の代理人〉の最有力候補だ。もし今回、神の代理人が選ばれたとなれば、それはもう単なる権威とかお飾りの名誉職とかではなく、この地球における事実上の最高実力者を意味する。なんといっても実在する神が後ろ盾になるのだから。アメリカ政府にとっては絶対に失うわけにはいかないＶＩＰだし、アメリカによる世界支配を望まない国家にとっては排除したい対象の筆頭だ」

「脅しの殺害予告どころじゃない、本物の暗殺の恐れがあるってことか。それで身を隠さざるを得なかったと」

「神の代理人に指名された後ではさすがに手を出せない。狙《ねら》うなら指名される前しかない」

「いい加減にしなさいよ。国際謀略小説じゃないいんだから」

「神谷だって選ばれる可能性はあるぞ」

「そうそう。代理人が一人とは限らないし」

「だったら、わたしが暗殺されそうなときはあなたたちが盾になってくれるの？」

「いや俺は怪我《けが》してるし」

「僕も平和主義者なんで」

神谷がにやりとして、

「でも、おもしろいかもね。わたしが神の代理人になったら、友人のよしみで一つくらい望みを叶《かな》えてあげてもいいよ」

「じゃあとりあえずＡＭＰＲＯの予算を増やしてくれ」

「ついでに僕を専任研究員に」

「見て」

そのとき神谷の低く漏らした声が、調子に乗りかけた僕と健吾の目を、画面へと向かわせた。

「さっそく始まったみたい」

キャンパスにほど近い路上で激しい諍《いさか》いが起きていた。人が密集していて警察官も近づけないようだ。

「宗教団体も血眼になるわけね。〈教皇〉の座が懸かってるんだから」

神谷のいうとおり、いま聖地に押し掛けている彼らも、自分や自分たちの教祖が〈神の代理人〉に選ばれることを心から信じている。その瞬間を待っている。

「まずいな。このままエスカレートすると死人が出るぞ」

「もうキャンパスを開放したほうがいいんじゃないか」

「でも、いま大学にはだれもいないでしょ」

「最終的には警察の判断に任せると話が付いてるはずだが」

上空のカメラが現場をさらに大きく映し出す。十数人が凄《すさ》まじい形相で揉《も》み合っている。一人の右拳《こぶし》が相手の顔面に入り、殴られた方が棒みたいに倒れた。

*

人、人、人。明らかに十代とわかる若者から高齢者まで、あらゆる年代の男女が群れをなしている。混みぐあいは満員電車を彷彿《ほうふつ》させるほどだが、ここではうつむいてスマホに目を落としている人はいない。みな同じ方角を向き、同じ表情で遠くを見ている。拝むように手を合わせている一団もいれば、意味不明な言葉を唱和するグループもいる。彼ら彼女らが個々に捧《ささ》げる祈りは混ざり合って不協和音を奏で、神経をかき乱す。ただでさえ蒸し暑い夜だった。人の発する熱気と臭気はどこにも放散されず、ひたすら内に籠《こ》もっていく。酸素が足りないのか、さっきから息が苦しい。

人の流れが滞り、ほとんど膠着《こうちゃく》状態となって、すでに一時間は経《た》つ。キャンパスが開放されたとの噂も飛び交ったが、勘違いかデマだったようだ。いまも「門を開けろ!」「中に入れろ!」

という叫びがあちこちで上がっている。場に立ちこめる苛立《いらだ》ちと焦りは破裂寸前だ。しかし莉央とナツキは、周りを群衆に囲まれ、進むことはおろか退くこともままならない。この状態で将棋倒しにでもなれば大惨事。それでも人々は、脳に巣くった寄生虫に操られているかのように、一ミリでも聖地に近づこうとするのをやめない。ただでさえ僅《わず》かな隙間《すきま》を、じりじりと押し潰《つぶ》してくる。このままでは身動き一つとれなくなる。生命の危険さえ感じた莉央は、ナツキを振り返った。

「いったん外へ――」

始まりは前方で発せられた一つの怒号だった。それまでのようなキャンパスの開放を求めるものではなく、目の前にいる人間に対して直截《ちょくせつ》な怒りをぶつける凶暴な声だ。その声を起点に群れが大きく歪んだかと思うと、次の瞬間、ばらばらに崩壊した。それは固体だったものが一気に液体に相転移するような急激な変化だった。なにが起こったのか莉央にもはっきりと見えたわけではないが、状況が急変したことだけはただちに理解した。それはたちまち周囲へと広がり、莉央とナツキにも迫ってくる。近くにいた壮年の男が若者を力任せに殴りつけた。男の顔には、己の衝動に酔い痴《し》れる喜悦さえ現れていた。殴られた若者は白目を剝《む》いて横倒しになる。男はさらに拳を振り上げて別の者に襲いかかる。その男を複数の男女が取り囲んで反撃する。暴力の応酬が沸騰しはじめた水のように際限なく激化していく。もうだれにも止められない。

「ナツキさん!」

真っ青な顔で固まっている。

「とにかく離れましょう！」

まだ反応しない。莉央のことがまったく目に入っていない。ここまで莉央を支え「神が導いてくださいますよ」と励ましてくれた彼女はそこにはいなかった。別人のように無防備で突っ立っている。

「ナツキさんっ！」

肩を激しく揺すると、ようやく莉央の顔を見た。

「……リオさん」

「出よう」

一刻の猶予もない。莉央はナツキの手を取って走った。しかし人混みに妨《さまた》げられて少しずつしか進めない。ここに至っても、ほとんどの人は聖地へと向かう足を止めないのだ。

粘りつくような抵抗を押しのけ、罵声《ばせい》を浴びたり小突かれたりしながらも、キャンパス沿いの道路から抜け出したときには、全身が汗にまみれていた。呼吸と着衣の乱れを整えながら、さらに距離をとって、ようやく一息つく。たすき掛けしておいたショルダーバッグもなんとか無事だった。

路上にはまだ人影が目に付くが、この辺りまで来ると、宗教団体とは無関係の人が多いようだ。大半は興味本位の見物人だろう。表情や仕草に余裕がうかがえる。身体《からだ》を寄せ合うカップルの姿さえある。

ほっとして振り向くと、ナツキの様子がおかしい。

「大丈夫？」

返事がない。視線も定まらない。

「少し休みましょ」

ナツキの肩を抱くようにして、歩道沿いにある小さな店舗の軒下に入った。洋菓子店らしい。シャッターは閉じてある。目の前に街灯が立っているが、頭上の軒先テントがその光を遮ってくれていた。このまましばらく影の中で身を潜めていたかった。

キャンパス沿いの道路は、もはや騒乱といいたくなる状態に陥っていた。警察がスピーカーで警告しているが、あまり効果はないようだ。それでも、莉央たちのように外へ逃げてくる人は少ない。

これほどとは思わなかった。人の数だけではない。聖地へと向かう意志の、異常なまでの強固さだ。この中から神の代理人が選ばれるとしても、自分がその一人になることは、およそありそうにないと思われた。莉央自身、そこまで強く望んでいるわけでもない。

ナツキに目をもどす。

まだ呼吸が早い。

「具合が悪いようなら、帰ろうか」

ナツキが首を横に弱々しく振った。

「すみません。大丈夫です」

「無理はしないって約束でしょ」

ナツキが思い詰めた眼差《まなざ》しを地面に落とす。

長い沈黙のあと、静かにいった。

「思い出してしまって。結婚していたころのことを」

莉央は瞬時に理解し、息を吸い込んだ。

「……夫から、暴力を？」

震えながら、ナツキがうなずく。

莉央も秀彦から暴言を浴びせられたりはしたが、殴られたことはない。そんなことをされたら、別居期間など置かず、即刻離婚していただろう。

「やっぱり帰りましょう」

莉央は語気を強めた。

「あそこにいる人たち、正気じゃない。神様だって呆《あき》れてるよ」

「わたしなら、少し休めば、大丈夫ですから」

「でも」

いいかけたが、ナツキの目を見て、莉央はあとの言葉を呑《の》んだ。

「わかった」

ひとつ息を吐いて、ショルダーバッグから麦茶を取り出す。ペットボトルを傾けて二口ほど飲む。専用の保冷ケースに入れてきたので、中身はまだ冷たい。喉《のど》を落ちていく快感が、気力をいくらかは蘇《よみがえ》らせてくれた。

「ナツキさんも水分を補給しておいたほうがいいよ。まだ二時間もある」

「わたしは、いいです」

「脱水症状になったら大変だよ」

するとナツキが困ったような顔で、

「トイレが近くなりますから」

「穿《は》いてきたんでしょ」

「穿いてきましたけど、やっぱり、抵抗があるというか……」

ナツキの意外な一面を見た気がした。

「恥ずかしがることなんかないよ。宇宙飛行士だってしてるんだし」

「リオさんは平気なんですか」

成人用オムツを穿いていくというのは、莉央が提案したことだった。

「高校生のころ、ライブに行くときにやってたから。いちばんいいところを見逃したくないもの」

「実際に中でしたこと、ありますか」

「一回だけ」

笑ってみせた。

「ぜんぜん平気だったよ。濡《ぬ》れても表面はさらさらだし、臭《にお》いもあまり漏れないし」

「でも、やっぱり……」

「じゃあね」

莉央はナツキの顔を覗《のぞ》き込む。

「我慢できなくなったら、わたしも付き合うから、いっしょに中にしちゃおう。それなら、少しは恥ずかしさも紛れるでしょ」

ナツキは、驚いた顔で莉央を見つめたあと、降参するように頬《ほお》をほころばせた。バッグから莉央と同じ麦茶のペットボトルを取り出し、キャップを開けて一口飲む。

「おいしい」

心から漏れたような声だった。

莉央は、もう一口だけ飲んで、バッグにもどした。

ようやく気持ちが落ち着いてきた。

「だれのライブに行ったんですか」

ナツキの声からも、さっきまでの重さがとれている。

「必ず穿いていったのは、ＳＥＯ」

「あ、わたしも好きでした。ライブは行ったことないですけど。チケット取るの大変だったんじゃないですか。あまり来日しなかったし」

「ファンクラブには入ってたけど、抽選に当たったのは二回だけ。だから、一秒も見逃したくなかったの」

「楽しかったでしょうね」

莉央は深くうなずく。

「リオさんの推しは？」

「みんな好きだったけど、一推しはルイ」

「たしか、中国出身の」

「でも彼、途中でグループを抜けて帰国しちゃったんだよね」

「そうでしたね」

「ナツキさんは？　ＳＥＯ以外でもいいから、いちばん好きなグループやアーティストって、だれ？」

「たぶん、ご存じないと思うんですけど」

「いってみて。こう見えてもわたし、高校時代はけっこう幅広く聴いてたから」

「超若旦那《ちょうわかだんな》」

そう答えるなり、小さく吹き出した。

「マニアックですよね」

「わたし、ＣＤ持ってたよ」

ナツキが目を丸くした。

「ほんとですか！」

「たしか、去年、再結成したんだよね」

ナツキが、なんでそんなことまで、という顔で瞬《まばた》きをする。

「そうだ。もしライブがあったら、いっしょに行かない？」

「二人で？」

「この歳《とし》になって、超若旦那のファンの人と新しく知り合いになれるなんて思わなかったから」

「わたしもです」

ナツキが笑顔を見せてくれた。

いままでで、いちばん自然な笑顔を。

そのときだった。

キャンパスの周りに群がる人たちから、地面を震わす大歓声が上がったのは。

＊

聖地とされているのは、天山大学のＡＭＰＲＯだけではない。〈神の使い〉つまりガロアくんとその仲間たちが出没した場所は、アレキサンダー・クラウス博士のオフィスをはじめ、全世界で二十三カ所に及ぶ。

この時間、天山大学周辺はご覧のとおり大変なことになっているが、ほかの聖地ではどうなのかとネットで検索したところ、意外といってはなんだが、ここよりよほど秩序が保たれていた。

たとえば、今回のキング・オブ・聖地、クラウス博士のオフィスのあるアメリカの大学（ちなみに、クラウス実験で指定された協定世界時七月一日十六時は、このクラウス博士のホームにおいては同日の正午に当たる。つまりAMPROとは正反対の真っ昼間だ）ともなると、その瞬間を待つための集会を大学が主催している。あらかじめ参加希望者をオンラインで募り、明らかな不審者を除くなど人数を絞った上で、本人の顔写真入り招待状を送ったという。キャンパスに入るときは、招待状の提示と本人確認はもちろん、厳重なセキュリティ検査も義務づけられている。実際、これまでにキャンパスの内外でトラブルはほとんど起こっていないようだ。招待状を携えて集った人たちも、多くは静かに祈りを捧げるのみで、厳粛な雰囲気さえ伝わってくる。

ほかの聖地も似たり寄ったりで、暴動寸前のところは、僕の調べたかぎりでは、ほとんど見当たらない。前回はどこもかしこもお祭り騒ぎだったことを思えば、たいへんな変わりようだ。なぜ今回はこんなに違うのか。なぜ場所によって人々の反応に差が出たのか。

理由は一つではないだろうが、唯一絶対の神を崇《あが》める宗教が生活や文化に深く根付いているかどうか、という点は大きいのではないか。歴史的にキリスト教やイスラム教などの一神教の影響を強く受けてきた地域では、唯一神の実在を受け入れる素地ができていた。ただ一つの神を畏《おそ》れることに慣れているのだ。

逆に、古来の八百万《やおよろず》の神に加え、如来《にょらい》や菩薩《ぼさつ》など夥《おびただ》しい数の仏が賑《にぎ》やかに共存してきた我が国のような地域では、いきなり唯一絶対の神が現れてもどうしていいのかわからず、右往左往してしまう。

ただし、この日この場所で〈神の代理人〉が選ばれる、とされている点だけは、なぜか、すべての聖地に共通していた。そして、それは確信というレベルをはるかに超えて強固であり、人間の手で修正するのは不可能と思えるほどだった。

だからこそ、暴走をはじめた群衆を抑えるには、ほかに選択肢《せんたくし》がなかったのだろう。画面を見ていた僕たち三人は、

「あっ」

と声をそろえた。

暗闇に沈んでいた天山大学の広大なキャンパスに、一斉に照明が灯《とも》ったのだ。

*

なにが起こったのか、わからなかった。

さっきまで争っていた人たちが、抱き合わんばかりに歓喜している。

「門が、開いたんです」

ナツキがいった。

「中に入れるの？」

「行きましょう、リオさん」

いつものナツキにもどっていた。

迷いのない、透き通った瞳《ひとみ》。

莉央は、その目を見つめながら、うなずく。

「行こう」

＊

天山大学の敷地は、外周を高い塀で囲まれ、その総面積は二百万平米を優に超える。キャンパスに入るには、いくつかルートがあるが、きょういちばん人が集中しているのは、南に向いた正門前のようだ。横幅が約十メートルと最も広い上、交通機関からのアクセスも容易だからだろう。ここを入れば、ＡＭＰＲＯまではほぼ一本道だ。開放されたのは、その正門だった。

スライド式の鉄製電動門扉が開くと同時になだれ込んだ群衆の波濤《はとう》は、明るく照らされたキャンパスをふたたび暗く染めていく。僕たちはその様子を、ただ見ているしかなかった。自分たちの城が長い闘いの末に陥落した瞬間に立ち会っているような、一言でいえば最悪の気分だ。

「ほんとに、やっちまったか」

健吾の声にも力がない。

これでキャンパスは、数万の暴徒に蹂躙《じゅうりん》される。建物の窓ガラスが割られるくらいで済めばいいほうだろう。彼らの最終目的地であるＡＭＰＲＯも、とうてい無傷でいられるとは思えない。

＊

塀の向こうが明るくなっている。キャンパス内の照明が点灯されたらしい。それが開放の兆候として受け取られ、最初の歓声につながったのだろう。その直後、正門を開けるとのアナウンスが響き、みなの顔を歓喜に染めたのだ。

ほんの十数分前まで激しく入り乱れていた人たちは、大河のようにゆったりとした、正門へと向かう流れをつくっていた。莉央とナツキは、互いに手をつなぎ、その流れに加わった。門を開けたとたん群衆が殺到するのではないかと思われたが、いまのところ目立った混乱はないようだ。『前の人との間隔を広くとってください。ゆっくり進んでください。絶対に押さないように。事故が起こったら中に入れなくなります』

スピーカーからの絶え間ない警告が頭上に飛ぶ。たしかに急ぐ必要はなかった。午前一時まで時間はじゅうぶんあり、一分一秒を争う状況ではまったくない。早く聖地にたどり着いたからといって、それがなにかを約束してくれるわけでもない。だからだろう。相変わらずあちこちから祈りの声が聞こえるし、熱気も冷めるどころではなかったが、切迫感は消えていた。すでに目的を果たしたかのような、ほっとした表情の人も多かった。莉央たちが正門に到達するまで、そこから三十分以上かかったが、小さな諍い一つ起こらなかった。

正門からは、大学キャンパスのメインストリートと思《おぼ》しき広い歩道が、まっすぐ延びていた。歩道沿いに設置された照明灯の光は、臨時の照明器具で昼間のように明るかった外に比べれば、いかにもうら寂しい。左右に建ち並ぶ校舎の窓にも明かりはなく、無数の黒い眼《め》となって莉央たちを見下ろしている。

辺りを支配する静寂に揺《す》り潰されるように、祈りの声が徐々に小さくなっていく。正門を入って数十メートルも進まないうちに、人々は完全に沈黙した。それだけではない。ここまで来てきながら、途中で引き返す人が現れはじめた。莉央には、その人たちの気持ちも、なんとなくわかる気がした。

正門の外と内では、空気が違いすぎる。たしかに、そこは単なる大学キャンパスであり、ふだんなら学生や教員が騒がしく行き交っている場所だ。しかしいまは、ここを聖地と崇める人々が何万と集まっている。その人々の思いが、なんの変哲もないはずの空間に、特殊な磁場を生じさせていた。その磁場の異様な濃密さに耐えられない人が出てきても、無理のないことに思われたのだ。

莉央も、幻想的でさえある沈黙の中で、現実感がうすらいでいくのを感じていた。境界があいまいになり、混じり合うはずのないものが、混じりはじめている。遠い記憶にしか残っていない人たちの気配を、近くに感じる。いま足もとをすり抜けていったのは、実家で飼っていたカイだ。あの後ろ姿は、亡くなった祖父に似ている。その隣にいるのは、子供のころ近所に住んでいて、いつの間にか見なくなったおじさんではないか。小学校のときの担任。引っ越していった親友。高校時代に初めてできた彼氏。みんな来ている。懐かしさに涙があふれそうになる。ふと視線を感じて目を向けると、秀彦がこちらを見ていた。なんであなたまでいるの？　莉央がにらむと、気まずそうにうつむく。

「リオさん」

ナツキのささやくような声で、我に返った。

「大丈夫ですか。ずっとぼんやりとして」

手を強く握ってくる。

莉央は握り返した。

「ええ、大丈夫」

大きな円形の広場に出た。中央に立つ銀色の竜巻のような形のモニュメントは、時計塔にもなっている。最上部の丸い時計の針は、午前零時十五分を指していた。

広場を越えてしばらくすると、校舎が途切れ、夜空が一気に広がった。歩道の端に欄干《らんかん》が現れたところから、いま自分たちは橋を渡っているのだと気づく。橋の下がどうなっているのか、莉央の位置からは見えない。

橋を渡り終えると、ゆるやかな起伏のある、緑地のような場所に出た。

「あれです」

ナツキの視線の先に、四階建ての現代的な建物が、夜空を背景に白く輝いていた。

＊

正門から真っ先になだれ込んだ一団は、最初こそ勢いよく飛び出したものの、ほどなく見えない粒子の海にでも突っ込んだように急減速して、歩く速さとほとんど変わらなくなった。それも、後ろが詰まっているから仕方なく前に進むという感じで、ＡＭＰＲＯの場所がわからなくて道に迷っているのかと思ったくらいだ。彼らに続く人々も同様で、我先にと争うでもなければ、僕たちが心配したように、手当たり次第に物を壊す、ということもない。みな非常に行儀よく、慎ましくさえある。

「そうか。神殿だ」

健吾がいった。

「天山大学のキャンパスは、彼らにとっては神殿なんだ。いま彼らは、その巨大な神殿の参道を歩いてる。実在する神の眼を意識しながら。そんな状況で破壊行為なんて、できるわけがない。このあと神の代理人に選ばれることを望むなら、なおさらだ」

「ということは、ＡＭＰＲＯはさしずめ本殿か」

幅十メートルはある直線のメインストリートいっぱいに広がった巡礼者の群れは、粛々とキャンパスを北上していく。トルネード広場を埋め尽くし、国道を跨《また》ぐ橋をしならせ、なだらかにうねる丘陵を越え、ついにＡＭＰＲＯを射程に捉《とら》える。

しかし、建物から数十メートルの距離まで迫ったところで、とつぜん見えない壁にぶつかったかのように歩みを止めた。後続の人々も、やはりそれ以上は建物に近づこうとせず、遠巻きにするように、横へと広がっていく。

「なぜあんなところで止まるんだろう。本殿は目の前なのに」

僕が思わずつぶやくと、神谷が答える。

「怖《お》じ気《け》づいたんじゃない？」

「怖じ気づいた？」

「なるほど。いまＡＭＰＲＯ周辺には、俺たちには想像もできない空気が満ちているのかもな。安易に人を寄せ付けない、異様な空気が」

左右に分かれた二つの流れは、建物を大きく回り込み、北側の駐車場付近でふたたび繋《つな》がった。そうやってＡＭＰＲＯを完全に取り囲んだ人の壁は、時間とともに厚さを増していく。

「待てよ」

健吾がソファから背を浮かせた。

「どうした」

「暴動騒ぎに気をとられてたが、ここにテロリストが紛れ込んでいたらやばいぞ。防ぎようがない」

「否神会か」

たしかに爆破予告は届いていたが。

「大丈夫でしょ」

神谷があっさりといった。

「本物の神を相手に反乱を起こす度胸があるなら、大したもんだわ」

僕は健吾と顔を見合わせる。

「どうする、ボーイズ」

神谷が笑みを浮かべた。

「そろそろ時間だけど」

＊

すでに流れは止まっていた。前が詰まって動かない。密集した人の群れはどこまでも続き、果てが見えない。その彼方《かなた》の、敷地内の照明灯の光の中に、白を基調とした四階建てのビルが浮かんでいた。ビルといっても単純な箱型ではなく、横に長い左右非対称の外観で、壁にも現代的な意匠が施されている。

莉央は、思わず息を止めてしまいそうな、強烈な圧を感じた。群衆に取り囲まれているからではない。肌には触れない太陽風のようなものが、あのビルから莉央に向かって吹きつけている。

「あの中に、神の使いが降臨されたのですね」

ナツキの感極まった声に、莉央は無言でうなずく。そうか。神様って、ほんとうにいるんだ。いまさらのように、その事実が質量をともなって心に落ちた。

そのとき、前方でなにかが弾《はじ》け、場を支配していた静寂に小さな裂け目をつくった。それが、さざ波のように広がってくる。

祈りだ、と莉央は気づいた。

広がる先で呼応するように生まれた祈りの声が、重なり合ってうねりとなり、夜の大地に共鳴する。その壮大なバイブレーションは、空を砕く勢いで増幅していく。

＊

神谷のマンションのベランダは、幅が約三メートル、奥行きも余裕で一メートル以上あってなかなか広いのだが、目に付くものといえば、エアコンの室外機と、手すり壁に設置された物干し金具くらいで、殺風景なことこの上ない。まあたしかに、ベランダガーデニングに勤《いそ》しむ神谷の姿は想像しづらいのだが。

九階建てマンションの最上階ということで、眺望は悪くない。というか、地面に近いところで寝起きしている身からすると、この高さはちょっと怖い。眼下には、民家やマンション、アパートが立ち並ぶ。まもなく午前一時だが、案の定、明かりの灯った窓は多い。路上にも人影が見える。やはりみんな、今回の７０１が気になるのだろう。

「前回みたいに両手を広げる？」

僕と健吾の間に立つ神谷が、空を見上げた。雲が出ているようだが、雨の心配はなさそうだ。天山大学のキャンパスは方向が逆なので、ベランダからは見えない。

「ただ突っ立ってるのも間抜けではあるな」

健吾がいうと、神谷が僕たちを交互に見て、

「ここ、三人だと窮屈じゃない？」

「十分だよ」

僕は答えた。

「ラジオ体操するわけじゃないし」

「それに、せいぜい三十秒だ。前回と同じやり方をするのなら」

あれからもう一年も過ぎたのか、という感慨が湧《わ》いてきた。僕たちの世界が大きく変わった一年だ。しかもその変化は現在進行形でもある。人類の宇宙観が根本的な修正を迫られているのは間違いないが、どのように修正することになるのかは、まだ確定したわけではない。もしかしたら、きょう大きな進展があるかもしれないし、なにも起こらずに世界中の人が肩すかしを食らうかもしれない。

僕はスマホで時間を確認する。

「あと一分三十秒」

「ねえ、賭《か》けない？」

やぶからぼうに神谷がいった。

「これからなにが起こるか。起こらないか」

「いや急にいわれても」

「なにを賭ける」

健吾は意外に冷静だ。

「明日のランチ」

「乗った」

「じゃ……僕も」

「わたしは、なにも起こらない、と思う」

健吾が短く笑った。

「いきなりそこか。いいだろう。俺は、空から光の矢が飛んでくる」

「光の矢？」

「その矢の刺さった者が、神の代理人だ」

神谷が感嘆の声をあげる。

「ずいぶん狭いとこを突いてきたねえ。当たったらすごいけど」

「アキラは？」

「ええと」

やばい。なにも浮かばない。

「時間がないよ」

神谷が自分のスマホ画面を僕に向ける。

残り一分を切っている。

前回は空が消えて真っ白になった。健吾の言いぐさではないが、今回も同じというのは、神様にしては芸がない（神に芸を求めるのもどうかと思うが）。

「ほらほら、あと三十秒」

神谷は完全に遊んでいる。

「このままだとアキラの一人負けだぞ」

健吾も楽しそうだ。

「残り二十秒」

ええい、もうやけくそだ。

「世界から光が消えて真っ暗になる！」

「そろったね」

「勝負」

健吾が夜空に顔を向ける。

「これ、そういうイベントだっけ」

僕は、釈然としないまま、同じ方向を見る。

「楽しまなきゃ」

「そういうことだ」

「十、九」

神谷がカウントダウンを始める。

「八、七、六」

そこで口を閉じた。

僕は頭の中で、カウントダウンの続きを唱える。

五、四、三、二、一。

＊

その瞬間、祈りの声が、大地に吸い込まれるように消えた。バイブレーションの余韻が漂う中、数万の人々がいっせいに天を仰ぎ、空に向かって両手を差し伸べる。莉央もほとんど無意識のうちに同じことをしていた。

世界はふたたび完全な静寂に支配された。

呼吸の気配すら感じない。

第三部

第一章　雨

1

傘を広げかけた手を止め、顔を夜空へ向ける。

月は出ていない。星も見えない。その代わり、重力に引かれて落ちてくる雨粒が、構内の照明を浴びて、流星群のように煌《きら》めく。僕は目をつむり、頰《ほお》や口元にぶつかる小さな痛みと冷たさを、愛《いと》おしむように味わった。

目をあけても、幅の広いメインストリートには、僕のほかにだれもいない。沿道の照明は灯《とも》っているが、校舎の窓に明かりはない。二十時を回ったばかりの天山大学キャンパスは、ひっそりとしている。地表を叩《たた》くすべての雨音が聞き分けられそうなほどに。全国からの巡礼者で溢《あふ》れかえったあの日のことが、遠い昔の夢のようだった。僕はあらためて傘を差し、ぼたぼたと頭上から響く音を聞きながら、歩を進める。

トルネード広場の手前で足が止まった。春日井健吾や神谷春海とここの階段に座り、売店で買ったサンドイッチを頬張りながら無駄話を楽しんだ記憶が、郷愁の中に再生される。僕は、感情を鎮めるように息を深く吸い、たったいま辿《たど》ってきた道を振り返る。無人のキャンパス。その光景を目に焼き付けてから、ふたたび前を向く。

国道を跨《また》ぐ橋を渡ると、ついに帰ってきたという感慨が強くなる。AMPROの建物には、一つだけ明かりの灯った部屋があった。かつてカピッツァ・クラブのセミナーが開催されていた、あの3号セミナー室だ。だれかいる。自然と足が速まった。

セキュリティゲートを通るときは、一カ月前に送られてきたゲスト用IDを使った。廊下の照明は半分しか点灯していない。うす暗く静まりかえった通路に、自分の足音だけが響く。エレベーターではなく階段を使って二階へ上がる。

3号セミナー室のドアは閉まっていた。僕は、ノックのために持ち上げた手を下ろし、ドアノブを握って引き開けた。

部屋のほぼ中央の席に、右手で頬杖《ほおづえ》を突いた男が一人。僕の姿を見て、口元を皮肉っぽく歪《ゆが》める。おそらく彼にとっては精一杯の愛想笑いだ。

「平城くん?」

僕はうなずく。

「変わってないね。久しぶり」

「沢野さんもお変わりなく」

どうだかね、という感じで両手を広げる。

十年ぶりに会う沢野博史は、相変わらずの長身、長髪だが、その髪は灰色に近かった。まだそんな年齢ではないはずなのに。

「そうだ。ＩＤ、ありがとうございました」

「そんなことはいい」

沢野が、まあ座りなよ、と仕草で示す。こういうときに手で拳銃《けんじゅう》の形をつくる癖、〈沢野ピストル〉は健在だ。

カピッツァ・クラブのときは、だいたい席は決まっていた。僕は、いつも自分が座っていた席に腰を下ろし、あらためて部屋を見回す。ホワイトボードは昔のまま。マーカーもそろっている。

沢野と目が合った。あらためて見ると、肌は乾いて艶《つや》がなく、目の周りの皮膚は黒ずんでいる。それは老け込んだというより、生命が枯渇しかけているような、不吉で病的ななにかを感じさせた。

「あの日、君もいっしょにいたんだよな。神谷くんと」

「はい」

「なにが起こったんだ、彼女に」

「光の矢が立ったんですよ」

「そんなことはわかってる」

沢野が顔を背け、いきなり立ち上がった。掌《てのひら》をデスクに押しつけ、うなだれる。囁《ささや》くような声

を押し出し、

「ぼくはね、信じちゃいないんだよ。信じてたまるか」

身体《からだ》を起こし、血走った目で僕を見下ろす。そして、また口元を皮肉っぽく歪め、笑いを堪《こら》えるようにいった。

「信じられるわけないだろう。あと四時間足らずで、この宇宙が――」

＊＊

「そろそろ三十秒か」

健吾が腕を下ろす。

神谷と僕もつづく。

目だけは油断なく夜空に向けている。

しかし……。

「なにも起きないね」

神谷が安堵《あんど》したようにいった。

「僕たちの思い込みだったってことかな」

夜空は依然としてそこにある。特筆すべき変化はない。沈黙の中で硬直していた街も、すでに呼吸を再開している。

「神谷、どうした」

健吾の妙に切迫した声に、僕は空から目をもどす。

神谷はまだ夜空を見ていた。遠い一点を凝視するように、瞬《まばた》きもせず。

僕は健吾と視線を合わせる。

神谷になにか起きている。だが、それがなにか、わからない。いまはこのまま様子を見るしかない。その意図を込めて、僕はうなずく。健吾にも伝わったのだろう。うなずき返してくる。

その直後だった。

世界が暗転した。

（停電？）

しかし、なにか変だ。地上と夜空の境界がわからない。自分の手すら見えない。時間そのものが凍りついてしまったかのような完全な闇《やみ》。その異様な闇の中に、ふわりと光が生まれる。

神谷春海。

彼女の身体が、青白い光の繭《まゆ》のようなものに包まれていた。強《こわ》ばった健吾の顔が、その光に照らされる。神谷は、見開いた目を空に向けたまま、動かない。

と、その目が瞬きを一つするのと同時に、青白い光が溶けるように消えた。

ふたたび時間が流れはじめる。

部屋のＬＥＤが煌々《こうこう》とベランダを照らし、灯《あか》りのもどった眼下の街がざわめきだす。

「……神谷？」

健吾が慎重に声をかける。

「大丈夫か」

呆然《ぼうぜん》とした神谷が、瞬きを繰り返しながら、ゆっくりと視線を地上へ降ろす。

「身体、なんともない？」

神谷は、焦点の定まらない目のまま、首を横に振る。それは、僕の質問に対する返答ではなく、いま彼女の脳裏にあるものを拒絶する仕草に見えた。

「なにがあった」

神谷が小さく口を開く。

「じゅうねん」

「え」

「なに」

僕と健吾の声が重なる。

「のこりじかん」

その声に抑揚はなく、まるで譫言《うわごと》だった。

「あと、じゅうねんで、この、うちゅうが」

彼女の双眸《そうぼう》から、涙がこぼれた。

「とじられる」

＊＊

沢野が、深いため息とともに、椅子《いす》に腰を落とした。

雨音が室内に漏れ入ってくる。

「だって、そうだろう」

その雨音にさえ負けそうな弱々しい声で、いった。

「宇宙がなくなる？　光速を超えるスピードで、加速しながら膨張しつつある、無限大に等しい広さのこの宇宙が？　一瞬で？　あり得ない。あり得ない、絶対に」

最後の力を振り絞るように頭を上げて、

「平城くんは、いまでも信じているのか、あんな荒唐無稽《こうとうむけい》な話を」

「だから、ここに来たんです。沢野さんもそうじゃないんですか」

「違うね」

挑発的な笑みを返してくる。カピッツァ・クラブで議論を仕掛けるときによく見せた、彼らしい笑みを。

「ぼくは、アレキサンダー・クラウスの誤りを確認するために来たんだよ」

「７０１は間違いなく起きたことです」

「二回だけね。ここ十年は起きていない」

「奇跡としかいいようのない現象が、二回も起きたのは事実です」

沢野の瞳《ひとみ》がぎらつく。

「あれが自然現象ではないとどうしていえる。神による奇跡だとどうして断言できる」

「あの二つの現象を、科学的に説明するのは不可能です。とくに、二回目のあれは」

「人類の科学水準がそのレベルに達していないだけかもしれない」

「神谷を含め、世界中でおそらく百名以上の人が同じメッセージを受け取っています。これはどう説明しますか」

「単なる集団ヒステリーだ」

「十年という数字まで一致しているんですよ」

「切りのいい数字だから選ばれやすい。それで説明はつく。集合的無意識だよ。あるいは、実際にはそんなメッセージを受け取っていないのに、受け取ったような気がして、それが記憶として定着したのかもしれない。自己暗示による偽記憶だ。だから、最初の一人が十年だといえば、みんなそれに揃《そろ》える。無意識のうちにね」

沢野は、自分自身の口から出てくる言葉を、これっぽっちも信じていない。僕には、いまの彼の気持ちが、苦しいほど理解できた。

「すべてはアレキサンダー・クラウスの妄想だ。人類は、この十年間、いや十一年間か、彼の妄想に振り回されてきた。それだけのことだ。それが真相だよ。まったく恐るべき真相じゃないか。だから今夜はなにも起こらない。起こるわけがない」

これは彼の願望であり、祈りなのだ。

「ほんとにそうだったら、どれほどいいでしょうね」

沢野が頬を強ばらせ、僕の顔を見つめる。

数秒の沈黙をはさんでから、表情を崩し、さびしげな笑みを窓へと向ける。

「なんだ。もう議論はお終《しま》いか。つまらん」

雨足が強くなった。

＊＊

今回の701が世界にもたらした混乱は、前回の比ではなかった。理由はいろいろあるが、とりあえず二点だけ指摘しておきたい。

一つは、発生した事象の不可解さだ。

前回も科学的には説明不能だったが、〈空〉が消えた、と言葉で表すことはかろうじてできた。しかし今回は、それすら難しい。

まず、僕たちが体験したことを文字にしてみよう。

協定世界時七月一日十六時、日本時間の七月二日午前一時を一分十三秒過ぎたとき、目の前の光がすべて消え、完全な闇に覆われた。それは単なる停電ではなく、空間を飛び交うあらゆる電磁波が遮断されたような感じだった。直後、青白く輝く透明な繭が、神谷春海の身体を包む。その間、神谷は凍りついたように動かなかったが、瞬きをすると同時に青白い繭が溶け、世界に光がもどった。体感としては、ほんの数秒間の出来事だ。

なんだ。ちゃんと言葉にできてるじゃないか。そう思われるかもしれないが、問題はここからだ。

前回と同様に、多数のスマホやドライブレコーダー、さらにメディアの取材カメラに加えて、各国研究機関のありとあらゆる観測機器がこのときの様子を捉《とら》えたはずだった。ところが、そのどこにも、僕たちの体験したはずの奇跡じみた現象は、痕跡《こんせき》すら認められなかったのだ。もう一度いうが、痕跡すら、である。

たとえば、日本のある大学生グループが投稿した動画では、午前一時一分十三秒までは、奇跡が起こらずに期待外れ、という残念感の漂いはじめた光景が映っていた。本来なら、次の瞬間に画面が真っ暗になるか、なんらかの異常が記録されていたはずだ。ところが、直後の午前一時一分十四秒の映像に残っていたのは、大騒ぎする学生たちの姿だった。

どういうことか、おわかりだろうか。

奇跡が起こっていたはずの数秒間が、時間ごと抜け落ちていたのだ。映像が現実の出来事を正しく記録しているとすれば、奇跡などどこにも起きなかったことになる。にもかかわらず、学生たちは明らかな興奮状態にあった。学生たちはたしかに奇跡を体験したのだ。存在しない時間の中で。

念のために断っておくが、編集によって作られたフェイクではない。公私を問わず、あの奇跡をなんらかのデータとして残す試みは、ことごとく失敗している。

混乱を招いたもう一つの理由は、〈光の人〉つまり神谷のように謎《なぞ》の青白い光の繭に包まれた人の存在だ（それまでは〈神の代理人〉という呼称が流行《はや》っていたが、いまでは〈光の人〉のほうが一般的になっている）。

現在までに〈光の人〉であると確認されたのは、全世界で九十九名に上る。そのほとんどは、いわゆる聖地の近辺にいた人たちだ（だいたい半径十キロメートル以内に収まっているらしい。もちろん神谷も該当する）。ネットなどでは自称〈光の人〉も多数出現したが、当該時刻に聖地とは無関係の場所にいたことが判明したり、聖地にいても光の繭など現れなかったことが暴かれたりして、すぐに消えた。その消えっぷりがあまりに鮮やかだったために、〈光の人〉を詐称する者は神の怒りに触れて謎の死を遂げる、という都市伝説まで生まれている。

ところで、神谷の身に起こったことを知っているのは僕と健吾だけであり（本人から口止めされたのだ）、九十九という数に彼女は含まれていない。そういう人はほかにもいるはずなので、実数はこれよりかなり多いだろう。

あの日に天山大学キャンパスへなだれ込んだ群衆の中にも一人、〈光の人〉がいたことがわかっている。この場合は目撃者が多く、神谷のように隠すことは不可能だったのだ。

さて問題は、彼らが異口同音に唱えたとされる予言である。

「あと十年で宇宙が閉じられる」

とくに「閉じる」という言葉の解釈について激しい論争が起きた。英語では「shut down」となっているので、「閉鎖する」「停止する」と言い換えることもできる。これを文字どおり宇宙が消滅すると捉える人もいれば、時間の流れが止まるだけで宇宙は消滅しないと主張する人もいる。

また一説には、世界が「終わる」、英語では「end」という言葉が使われたケースもあるとのことで、異口同音とはいえ、一言一句違わない、というわけでもなさそうだ。

さらに、解釈を云々《うんぬん》する以前の問題として、〈光の人〉の存在すら信じようとしない人も少なくない。まあこれは、映像などがいっさい残っておらず、目撃者による証言しかないのだから、やむを得ないのかもしれない。

ともあれ、このような混沌《こんとん》とした状況では、今回の701がなにを意味するのか、明確な答えにたどり着けるわけもない。人々の間では疑問や不安が渦巻き、ときにそれが怒りとなってぶつかり合い、混乱に拍車をかける。

その混乱がピークに達したと思われたとき、タイミングを計ったように登場したのが、久しく消息の聞こえなかった彼《か》の人、アレキサンダー・クラウス博士であった。ふたたびネットに、後に〈クラウス文書〉と呼ばれることになるステートメントを発表したのだ。

例によって、このステートメントを僕が日本語に訳したものを、後に記す。今回は、できるだけ原文に忠実に訳したつもりだ。なぜそうする必要があったのかは、読んでいただければわかると思う。

＊＊

「この十年、君はどうしてた」

沢野の声からも余計な力みが抜けている。

「ずっと考えていました。どうすれば、あ、の、問、題、を証明できるのか」

「できたの？」

僕は首を横に振る。

沢野が鼻を鳴らす。

「時間を無駄にしただけか」

「沢野さんは？」

逸《そ》らした視線を遠くへ向けるだけで、答えは返ってこない。

沢野の消息は、ときおり耳にしていた。彼が投稿した論文を読んだこともあるが、感想や意見を伝えたことはない。

「ぼくも同じだ」

沢野が視線をもどす。

「なあ」

言いにくそうに間を空ける。

「君から見て、ぼくは、さぞ嫌な人間だろうね」

「どうしたんです。沢野さんらしくないですよ」

ごまかすように沢野ピストルを一振りして、

「いや、いいんだ。いまさら印象をよくしたいわけじゃない」

大きく息を吸い込む。

「ただ神は、ぼくより、もっと嫌な奴《やつ》だろうと思ってね」

沢野の口から〈神〉の存在を認める言葉を聞くのは初めてかもしれない。

「この宇宙を消すなら、さっさとやればよかったんだ。ご丁寧に、人類に事前通告した上、十年なんて中途半端な猶予など置かず。そうは思わないか」

僕は黙っていた。

「なぜ奴らはそんなことをした。人類にチャンスを与える？　違うね。愚かな人間を弄《もてあそ》び、無様に足掻《あが》く姿をあざ笑うためさ。どうだ。じゅうぶん嫌な奴だろう。そんな神など、ぼくは認めない。くそ食らえだ」

不敵な表情で窓を睨《にら》む。

「奴らにとって、人類は単なる実験材料に過ぎないんだよ」

「むしろ、実験材料に足る存在かどうかを、見極めようとしているのではないですかね」

沢野が、意外そうに僕を見る。

「ある意味、人類に期待をかけている」

僕は笑みを返した。

「だから、あんな無茶な難題を押しつけてきた。僕はそう思っています」

＊＊

遅くなってしまったが、昨年の実験に参加してくれた方々に御礼《おれい》を申し上げる。結果はご存じのとおり、宇宙の設計者たる〈何者か〉の存在を強く支持するものだった。しかし、残念ながらこの文書は、感謝を表明するためのものではない。

まずは私の身に起きたことから話したい。

先月一日、すなわち実験のちょうど一年後、私も多くの人々と同じように、なにかが起こるという確信を抱きながら、その瞬間を待っていた。そして、多くの人々と同じように、あの現象を体験した。一つだけ違っていたのは、そのとき私の記憶の中に、ある種の〈情報〉が入り込んだことである。

この感覚は非常に説明しづらいのだが、強いていえば、あるはずのない記憶が急に蘇《よみがえ》ったとでもいうような、不可思議で実感のともなわない、奇妙な体験だった。〈光の人〉が世界各地で目撃されたことを知ったとき、私もその一人なのかと考えたが、〈光の人〉の予言は「十年後に宇宙が閉じられる」というだけで、それ以上の言及はない。私の中に植え付けられた〈情報〉は、そんな一言でいい尽くせるものではなかった。

私は熟考の末、いかなる理由によるものかは不明だが、この〈情報〉が〈何者か〉からもたらされたものであると結論づけ、言語に置き換える作業に着手した。しかしそれは、予想以上に難航した。

私の中の〈情報〉は、漠然とした概念とイメージの混在した、およそ摑《つか》み所のないものだった。それを言語に置き換えるのは、ジグソーパズルを組み上げるようなもので、極度の慎重さと根気を要求される。結果として、すべてを言語化したと確信するまで、三週間という時間が必要だった。その後、文章にしたものを私の中の〈情報〉と照らし合わせ、拾い忘れている箇所はないか、解釈に間違いがないか、精査を繰り返した。可能なかぎり、間違いは避けねばならなかった。なぜなら、それは〈何者か〉から人類へ向けたメッセージであり、〈光の人〉の予言の真意を説き明かすものであったからだ。

以下に、〈何者か〉からのメッセージを言語化したものを添付する。ただ、留意すべき点が一つある。これは私自身の能力不足を棚上げしていうのだが、おそらく我々の言語は、彼らの言語に比べてあまりに貧弱であるため、彼らが伝えてきた内容を必ずしも正確に復元できていない可能性がある。以下の文章で使われている言葉が、我々が普段使っている言葉と、完全に同じものを意味しているとは限らない。どの程度のずれ、、があるのかを、あらかじめ知ることも不可能だ。次元の異なる世界との通信である。いかに慎重を期そうとも、そこに不定性や歪みが生じるのは避けようがない。それだけは覚えておいてもらいたい。

アレキサンダー・クラウス

・あなた方のいる四次元時空（三次元空間＋時間）は、時空シミュレーションのための最も単純なモデルとして、我々が考案し、創造したものである。
・我々は、すでに五次元時空（四次元空間＋時間）モデルを使った研究に移行している。
・我々の最終目標は、我々の存在する十次元時空（九次元空間＋時間）モデルを完成させることである。
・あなた方のいる四次元時空は、時空シミュレーションとしての役割を終えている。
・ところが我々は、その四次元時空の中に、あなた方を発見した。
・それは、我々にとって、まったく予想外のことであった。
・四次元時空モデルの中に、自律的に増殖する多様な構造体が発生していることは、我々も知っていた。
・しかし、あなた方は、単なる自律増殖体と考えるには、あまりに異質だった。
・あなた方が、まるで自我を持つ生命体のように振る舞っていたからである。
・それが、このような単純な時空に誕生するとは、我々には信じがたいことであった。
・我々は、あなた方がほんとうに自我を持つ生命体なのかを確かめるため、観察を続け、厳密な検証を行った。

・その結果、我々の設定する〈自我を持つ生命体の基準〉をあなた方は満たしていないと結論するに至り、四次元時空モデルの閉鎖を決定した。
・しかし万が一、我々の観察と検証に欠陥があり、あなた方が本当は自我を持つ生命体であった場合、四次元時空モデルを閉鎖することによって、尊重すべき生命体を消滅させてしまうことになる。
・それは我々の本意ではない。
・そこで我々は、取り返しのつかない過誤を極力避けるために、最後の検証を行うことにする。
・もし、あなた方が自我を持つ生命体であるならば、そのことを我々に証明してもらいたい。
・完全な証明がなされた場合、我々は閉鎖の決定を撤回し、あなた方が存続するかぎりにおいて、四次元時空の存続を保証する。
・しかし、十分な証明がなされなかったと我々が判断した場合は、あなた方のいる四次元時空は、あなた方の時間で十年後、閉鎖される。
・なお、あなた方のほかに、自我を持つ生命体の可能性がある自律増殖体は、この四次元時空モデルにおいては確認されていない。

＊＊

窓が光った。僕はいつもの癖で、心の中で秒数をカウントする。低い轟音《ごうおん》が届いたのは、八秒後だった。

「結局のところ」

沢野が独り言のようにいった。

「この世界は、存在するのか。ぼくたちは、ほんとうに生きているのか」

雨は止《や》む気配もない。また光った。

「そう思い込まされてるだけなのかもしれないな」

「いいじゃないですか。それでも」

僕は答えた。

「たとえこの宇宙が、彼らが研究のために創ったものであり、彼らから見て単純きわまりないモデルだとしても、僕たちにとっては紛れもない現実です。僕たちはたしかにこの四次元時空で生きている。ここで生きて、ここで死んでいく。ここが僕たちの世界なんです。幻なんかじゃない。僕たちも、この宇宙も」

沢野が静かに笑みを向けてくる。それは、これまで彼が見せた笑みの中で、もっとも優しく、素直で、穏やかなものだった。

「受け入れたのか、君は」

十年前に公開されたクラウス文書、とくに〈何者か〉からのメッセージとされた箇所は、人々から冷静な思考を奪った。信じる者と拒絶する者の、両極端に分かれたのだ。

とはいうものの、人類はすでに二回の７０１を経験し、〈何者か〉の実在をほぼ受け入れている。〈光の人〉の出現とその予言のこともある。なにより、ほかならぬアレキサンダー・クラウスの言葉なのだ。信じない理由を探すほうが難しかった。

当初は拒絶派のほうが多いようにも見えたが、これはクラウス文書を信じないというよりは、メッセージの内容を理解できなかったせいもあるだろう。自分たちのいる世界が四次元時空だといわれても、またそれが三次元空間と時間一次元をワンセットとして捉える概念だと説明されても、ぴんと来ない人のほうが多い。ましてや〈何者か〉のいる十次元時空とどう違うのか、わかりやすく説明するのは物理学者でも不可能だ。

そもそも人間の脳は、五次元以上の時空を感覚的に捉える機能を備えていない。さらに、自分に自我があり、いまこの瞬間も生きていることは、自明すぎるほど自明ではないか。それを証明せよといわれても、なにをどうすればいいのか。

加えて、クラウス博士の付記した「留意すべき点」が、メッセージの内容自体が間違っているのではないか、という疑念を生んだことも否めない。しかし、これはクラウス博士の責任ではない。

たとえば、同じ日本語を母語とする者同士でも、互いの意思を百パーセント正確に伝え合えているかというと、そんなことはない。発する言葉と受け取る言葉が同じでも、そこに込められた意味と、そこから汲《く》み取られる意味には、必ずずれが生じる。誤解や曲解のリスクは常に付きまとう。日本語と英語など、異なる言語間で通信する場合はなおさらである。ましてや今回のケースは、言語が異なるどころの話ではなく、おそらく言語そのものの構造やレベルの次元が違う。

クラウス博士の危惧《きぐ》も宜《むべ》なるかな、だ。

彼らのいう〈自我を持つ生命体〉と、僕たちがその言葉からイメージするものの間には、埋めようのない隔たりがあるのではないかとは、当時から指摘されてきた。僕たちに理解できない概念だとしたら、そんなものをどうやって証明すればいいのか。

しかし、人々にクラウス文書を拒絶させた最大の要因は、十年後に自分たちの世界が消滅することを認めたくない、という率直な心的反応であったように思う。〈光の人〉の予言だけならば、あれこれと勝手に解釈する余地も残されていたが、クラウス文書のように理由まで明示されては、もはや逃げ道がない。しかし事実として正面から受け止めるには、あまりにも重すぎる。クラウス文書の正確さにことさら疑義を見出《みいだ》そうとする態度も、せめてもの抵抗の発露だったのではないか。

いったん認めてしまえば、待っているのは、気力を根刮《ねこそ》ぎにする絶望だけ。

そしてそれは、僕自身も例外ではないのだった。

＊＊

「クラウス・プロジェクト？」

健吾が勢いよくうなずく。右手に持つカップからあやうくコーヒーがこぼれそうになった。

クラウス文書が公開されてからというもの、健吾が僕の居室を訪れる頻度が上がった。それは僕としても歓迎すべきことだった。とにかくだれかと話したいという欲求が、この時期ほど高ぶったことはないからだ。おそらく健吾もそうだったのだと思う。ただし、話したい内容は大きく違っていたのだが。

「彼らがシミュレーションに使ったということは、俺たちのいるこの四次元時空は、彼らの十次元時空と多少なりとも似通っている点があるはずだ。でなければシミュレーションの意味がないからな」

じつは超弦理論が成立するには、厳密には僕たちの宇宙も十次元時空でなければならない。ただ、その中の空間六次元が無視できるほど微小なため、四次元時空と考えても差し支えはないとされている。

「ということは、だ」

健吾がカップを僕のデスクに置き、両手で空気をこねるようにしながら、

「俺たちが扱ってきた四次元時空の理論を、十次元時空に移植することができれば、彼らの世界の物理法則を導き出せるかもしれない。その可能性を探るのが、アレキサンダー・クラウスが立ち上げた、クラウス・プロジェクトだ」

健吾は、クラウス博士から直々に、そのプロジェクトに加わるよう声が掛かったのだ。AMPROから参加することになっているのは、いまのところ健吾のほかには三塚佑先生だけである。

「たしかに人間の脳では十次元時空を扱えない。絵や言葉で表現することも不可能だ。俺たちの思考は、どうやっても四次元時空の檻《おり》から出られない。だが数学なら、数式を使えば、十次元だ

ろうが百次元だろうが、自由に行き来できる」

繰り返しになるが、四次元時空とは、時間を一次元と数えて、それを三次元空間とワンセットで考える概念だ。そして三次元空間は、三つの座標軸上の値が決まればただ一つの位置が決まる、という性質を持つ。横、縦、高さをそれぞれX軸、Y軸、Z軸とした空間座標は、学校で習う数学でもおなじみだろう。

たとえば、ある点が、X軸で3、Y軸で2、Z軸で7の値を取るとすると、この点の座標は（3，2，7）となり、ただ一つに決まる。三つの値の組で位置が決まるから、三次元空間なのだ。

ならば、十次元時空を構成する九次元空間は、いくつの値があれば位置が決まるのだろう。

そう、九次元だから、九つだ。

つまり、九つの値の組でただ一つの位置が決まる、というルールさえ設定すれば、そこから展開する数学はすべて九次元空間を記述することになる。頭で思い描けない世界でも、数式の上ならば表現できる。健吾がいいたいのは、そういうことだ。

「それが彼らのいう〈自我を持つ生命体の基準〉と関係しているのかどうかはわからない。宇宙のシャットダウンを阻止するのにまったく役に立たないかもしれん。だが、純粋に知りたいと思わないか。彼らがどんな世界に住んでいるか。どんな物理法則に支配されているか」

健吾が、舌なめずりをしそうな顔で、にやりとする。カップに伸ばそうとした手を急に止め、僕を見て首を傾《かし》げた。

「なんだ、元気ないな」

「どうして、そう明るく振る舞えるんだ」

「彼らの世界を研究対象にしたいといってたのはアキラだぞ」

「そんなことじゃない！」

健吾が驚いたように目を丸くする。

「よく平気でいられるな」

僕は声を荒らげたことを悔やみつつも、あふれてくる言葉を止められなかった。

「消滅するんだぞ。なにもかもが。人類が築いてきた歴史、科学、芸術、すべてが！」

僕は怯《おび》えていたのだと思う。宇宙を設計した〈何者か〉が存在するかもしれないとなったときから、ずっと。最初の701の直前、健吾の問いに答えて〈何者か〉の世界を研究対象にしたいといったのは事実だが、そんなものは単なる強がりだ。空が消えて〈何者か〉の存在が確実になって以後、心から安らげた日はない。自分の生殺与奪を自由にできる者の存在は、絶え間ない緊張と、得体の知れない不安を強いる。表向きは平静を保てていたかもしれないが、それは春日井健吾と神谷春海がいてくれたからだ。二人があくまで数学や物理学の面から701を捉えようとしているときに、僕だけ取り乱すわけにはいかない。しかしそれも限界だった。

クラウス文書は、宇宙の終焉《しゅうえん》を人類に通告した。得体の知れない不安に、ついに現実という質量が与えられたのだ。その質量に耐えるだけの強度は、僕の心には残されていなかった。

ガロアくんの理論では、この宇宙の本質が二次元にあり、僕たちのいる三次元空間は幻のようなものであることが示されたが、それはあくまで時空の構造についての話だった。健吾と議論した仮想宇宙説も、数ある仮説、それもかなり突飛な仮説の一つに過ぎなかった。ところがクラウス文書は、まさにその突飛な仮説こそが真であると告げている。健吾が指摘したとおり、僕たち人類は、シミュレーションモデルの中に偶然生まれた、副産物に過ぎなかった。神は人間を作るつもりなどなかったのだ。

それだけではない。

人間は自我を持つ生命体であるという、自明で疑うことすら思いつかないような命題が、神の名において否定された。この意味するところを考えるだけで、身体が粉々に霧散しそうな恐怖に襲われる。拠《よ》って立つ大地が消え、いきなり底なしの虚空に放《ほう》り出されたようなものだからだ。

僕たちは自我を持った生命体ではない。ならば、なんなのか。僕が僕だと思い込んでいるこの存在はなんなのか。僕が感じているこの不安や恐怖はなんなのか。いままで僕を動かしてきた喜び、怒り、哀《かな》しみはなんだったのか。いま僕はほんとうに生きているのか。そう思い込んでいるだけで――。

気が付いたときには、僕は健吾に向かって、そんなことを取り留めもなくしゃべり続けていた。

健吾は、じっと聞いていた。

そして、僕が吐き出し終えるのを待って、

「いいじゃないか、それでも」

と気負いもなくいった。

「彼らにとってこの宇宙がなんだろうと、どうだっていい。だれがなんといおうが、俺たちはここで生きている。この宇宙で生まれ、この宇宙で死んでいく。この四次元時空が、俺たちの生きる世界だ」

ウインクでもしそうな笑みを浮かべる。

「幻なんかじゃないさ。俺も、おまえも、この宇宙も」

＊＊

「受け入れたのか、君は」

「そうですね」

僕は沢野に答えた。

「時間はかかりましたが」

2

車のヘッドライトに照らされた路面が光っている。外は雨が降っているようだ。莉央は、広々とした会長室の窓辺に立ち、ぼんやりと眼下の街をながめるうちに、吐息の漏れるような解放感を覚えた。

ようやくこの日が来た。これで終わるのだ。窓ガラスに映る顔は、いまも〈光の人〉リオを演じ続けている。しかしそれも今夜限り。

過ぎてみれば、長いようで、あっという間の十年だった。いまこの瞬間も、世界各地で、大勢の人が祈りを捧《ささ》げていることだろう。世界が終わる瞬間をどう迎えるかという問題と、真剣に向き合いながら。

その一方で、無関心な人も多いという。701など最初からなかったかのように、そして明日という日が来ることを当然のように、普段どおりに過ごしている。人々の暮らしを支えるインフラも、世界が続くことを前提に動いている。それでいい、と莉央は思う。

事実、たった十年で、701の衝撃はかなり薄れた。あれはフェイクだったと、いまさらながらの陰謀論も流布している。この十年間、大きな事件や事故、災害、疫病、紛争も世界中で発生した。現実に多くの死者を出したテロ事件や天災さえ、時間とともに印象が薄れていく。ましてや701は、奇跡とはいえ、たった数秒間の出来事が二回だけ。しかも二回目は、映像には残っておらず、人々の記憶の中にしかない。その記憶も、あとから加えられた情報によって変容する性質を持つ以上、十年という歳月の中で現実感が失われていくのも仕方のないことだ。

だが、莉央の場合は、そうはいかなかった。あの瞬間のことは、記憶などという生易《なまやさ》しいものではなく、運命のように深く刻み込まれている。

＊＊

七月二日午前一時を三十秒以上経過しても、ＡＭＰＲＯの研究棟は沈黙したままだった。なにかが起こるのではという人々の期待は、虚《むな》しく宙を彷徨《さまよ》いつづけている。夜空に向かって差し伸べられていた無数の手も、ため息とともに下ろされていく。

脱力感が漂う中、それでも未練を残しているのか、まだ空を見上げている人は多い。莉央の隣に立つナツキもその一人だ。胸の前で手を組み、寂しさと悲しさの入り交じった眼差《まなざ》しを天に向けている。

莉央は、ナツキの視線をたどるように、ふたたび夜空に目をやる。

と同時だった。

脳が遠いどこかと接続し、もの凄《すご》い勢いでなにかが流れ込んできた。それは映像とも文字とも違う。形の定まらない、意味不明な暗号のようだった。なにがなんだかわからないうちに、視界が完全な漆黒に落ちた。

あちこちで悲鳴と歓声が重なった。

見えない。なにも見えない。

なのに動けない。息もできない。

パニックを起こしそうになったとき。

青白い光が辺りを照らした。

身体がふわりと浮くように楽になった。

重力をまったく感じない。

周囲の音も聞こえない。

発光源が自分だと気づいた。光っているというより、光に包まれているような感覚。その光の中で、さっきまで流れ込んでいたなにかが、意味を持ちはじめる。まるで暗号が解読されていくように。そして、そこから浮かび上がってきたものは……。

「リオさん！」

接続が切れると同時に青白い光も消え、ナツキの声が耳に届いた。しかし、そちらを見ることができない。目も思考も固定されて動かない。まだなにかが莉央を縛っている。遠いどこかから莉央の脳に流れ込んだ言葉が、こんどは莉央の口から外へ出て行こうとする。

「リオさん……だいじょうぶですか」

嘘《うそ》だ。そんなことがあるはずがない。信じたくない。

「あと、じゅうねんで」

必死に否定しようとしても、口が勝手にそれを語りだす。

「せかいが」

悲しみが莉央を呑《の》み込む。

「おわる」

言い終えた瞬間、鎖が解けたように、思考と身体に自由がもどった。思い切り空気を吸い込んだ。喉《のど》の奥で甲高い音が鳴った。震えが止まらない。

＊＊

「リオさま」

ナツキがドアのところに立っていた。きょうの彼女は、深い紺色に白をあしらったスーツを着用している。控えめながらも存在感のある、ナツキらしい装いだ。

「みなさん、お帰りになりました」

「そう。ありがとう」

会長室の大きなデスクやソファセット、その他の調度品は、先代が使っていたものをそのまま引き継いでいる。莉央は、八年前からここを生活の拠点にしていた。会長室の隣にあるプライベート空間だけでも、それまで住んでいた2DKのマンションより広くて設備も充実しているくらいだ。ちなみにエルヴィンはいま、そのプライベート空間にいる。自慢の黒い毛並みにも、以前のような艶はない。人間でいえば六十代。猫としてもシニアだ。きょうまで生きてくれたことには、感謝しかない。

「今夜は本部に泊まりますので、なにかありましたら、いつでもお呼びください」

すぐ下の階には宿泊できる部屋もある。ナツキが使っているのもそちらだ。

「ナツキさん」

「はい」

「少し話しませんか」

ナツキの顔に笑みが咲いた。

「喜んで」

「座ってて」

莉央は手でソファを示してから、会長室に備え付けのバーカウンターに入り、バーボンのボトルとグラスを二つとった。新興宗教の教主の部屋にバーカウンターなど、当初は違和感があったが、先代会長である池沢美鶴の趣味と聞けば納得だ。とくに好きなのが、スコッチでもブランデーでもなく、バーボンだったというのが、いかにもあの人らしい。

莉央は、冷凍庫から氷を出してグラスに入れ、上からバーボンを注《つ》ぐ。ボトルを棚にもどしてから、グラスを両手に持ってバーカウンターを出る。ソファに座っているナツキに一つを渡し、向かいに腰を下ろす。いつものように笑みを交わし、軽くグラスを掲げてから、口を付ける。といっても、二人ともあまり飲めないので、ほとんど形だけだ。先代の残したお酒をこうして少しずつ消費することが、供養にもなる。莉央たちにとっては儀式のようなものだった。

「ナツキさん。きょうまで支えてくれて、ありがとう」

莉央があらためて礼をいうと、ナツキがグラスを手にしたまま目を瞬かせた。

「きょうが最後じゃありませんよ。きっと朝は来ます」

しかし莉央にはわかる。朝は来ない。世界はまもなく終わる。

「わたしは、いまでもよく思い出します。リオさまが〈光の人〉になった日のことを」

ナツキが、誇らしげに胸を張る。

「わたしの本当の人生は、あのときから始まったと思っています」

＊＊

「リオさん。ゆっくりと顔を上げてください」

ナツキの小さな、しかし彼女らしからぬ硬い声が、莉央を正気へと引きもどした。

「わたしの目を見てください」

かろうじて聞き取れる囁きが、莉央の意識を導く。

「わたしから目を逸らさずに、わたしの話を聞いてください」

間近で見るナツキの表情は、これまでにないほど真剣だった。

「いま、リオさんは、ここにいる全員から注目されています。見ないで」

思わず振り向きかけた顔を、かろうじて止める。

「とても危険な状態です。すぐにここを離れる必要があります。できるだけ堂々としていてください」

「堂々と……？」

「女王様になったつもりで」

ナッキが少しだけ笑みを見せた。

「大丈夫です。わたしのいうとおりにしてください」

「……わかった」

まだ頭は混乱しているし、必ずしも状況を理解したわけでもないが、ここはナツキに任せようと決めた。

「準備はいいですか」

莉央はうなずく。

「大きく息を吸って、振り返ってください。女王のように」

わたしは女王、わたしは女王。そう、わたしは女王だ。心で唱えてから、目に渾身《こんしん》の力を込めて振り返った。莉央たちを取り囲んでいた人々が、いっせいに後ずさった。その異様な光景に、莉央はぞくりとする。

「行きましょう」

莉央とナツキがそろって足を踏み出すと、前を塞《ふさ》いでいた人垣が左右に大きく割れた。莉央たちは、開けたばかりのその花道を、ゆっくりと進む。人々は、息を呑んで、莉央たちを見つめている。その眼差しに宿るのは、圧倒的な畏《おそ》れと驚愕《きょうがく》、そしてそれと同じくらいの強烈な嫉妬《しっと》。なぜおまえが、おまえのような女が……。一帯に渦巻く怨嗟《えんさ》の声が聞こえてくるようだ。莉央は、その声を一つ一つ焼き尽くすつもりで、強い視線を周囲へ浴びせる。わたしは女王、わたしは女王――。前方右側の人垣から男が一人、鬼のような形相で飛び出してきた。しかし莉央がひと睨《にら》みすると、それだけで立ちすくむ。身体をぶるっと震わせ、崩れるように地にひれ伏した。その男に続いてほかの人々も跪《ひざまず》きはじめる。その波はドミノ倒しのように広がっていく。

＊＊

「あのときのナツキさん、ほんとに頼もしかったよ」

「わたしはただ、リオさまをお守りすることで頭がいっぱいで……それより、リオさまこそ素晴らしい演技でした。あそこにいた人たちをみな屈服させてしまうなんて」

「うん。正直、ちょっと気持ちよかった」

「わたしもです」

ふふっと笑みを合わせる。

＊＊

報告を聞き終えた池沢美鶴が、背上げしたベッドの上で目をつむる。莉央は、前回と同じ椅子に腰を下ろし、彼女から返ってくる言葉を待つ。きょうはナツキもベッドの傍らに控えている。

池沢美鶴の予言どおりに莉央が〈神の代理人〉に選ばれ、〈光の人〉となってから、一カ月以上も間が空いた末の再会だった。もっと早く来たくとも、７０１を巡る状況がそれを許さなかったのだ。

　当日、莉央とナツキが、群衆の先頭を切って天山大学キャンパスから出てくる姿は、多くの動画に撮られていた。現場にいた人々の目撃証言から、莉央が〈光の人〉になったことも明らかにされた。ドローンなどを使った大手メディアの動画では顔をぼかしてあったが、個人のスマホなどで撮影されたものは加工されることなくネットで拡散した。それでも、莉央の名前や住所が特定されてメディアが押し掛ける、という事態には至らなかった。とはいえ、莉央だと気づいた者が一人もいなかったわけではなく、秀彦が「あれ、おまえじゃないの？」といってきたり、語学教室の生徒から「似てる」といわれたりしたが、「違う」と否定したらあっさりと納得したのだ。

　莉央は、自分の映っている動画をあらためて見て、その理由がわかる気がした。完全に女王になりきった莉央は、恐ろしく居丈高で目つきが鋭く、たしかに容姿はまぎれもなく自分なのだが、醸《かも》し出す空気が普段の莉央とはまるきり別人だったのだ。

　ナツキの場合は、そういうわけにはいかなかった。なにしろ全国の宗教関係者が注目していたイベントである。センキア会の会長側近であるナツキを知る者も当然いたわけで、日本で唯一の〈光の人〉がセンキア会と繋《つな》がっていることがたちまち知れわたった。

　これに対してセンキア会はただちに声明を発表した。その中で、会員の一人が当日〈光の人〉と行動をともにしていたことは認めたが、それ以上のことは、〈光の人〉が会に所属しているかどうかも含めてコメントできる段階ではない、とした。もちろん、この程度で〈光の人〉の素性を探る動きが収まることもなく、ナツキには記者が付きまとい、センキア会の本部前ではカメラを手にしたメディア関係者が張り込むという状態がつづいた。その最中に莉央が池沢美鶴の入院先を訪れることは、だれが考えても避けるべきだった。

センキア会の周辺が比較的にしろ平静を取りもどしたのは、アレキサンダー・クラウス博士が〈クラウス文書〉を発表してからだ。この文書は人類の宇宙観を根底からひっくり返すものだということで大変な騒ぎになったのだが、あいにく莉央が読んでもなにが書いてあるのかさっぱりわからなかった。ともあれ、この文書が世間の関心をセンキア会から一気に引き剝《は》がしてくれたおかげで、ようやく莉央もここに来ることができたのだ。それでも用心のために、マスクや帽子で顔を隠すことは忘れていない。

「リオさん」

池沢美鶴が、長い沈黙を経て、目を開けた。

「〈光の人〉であることを、これからもずっと隠しておくおつもりですか」

「どういう意味でしょうか」

「わたくしはまもなく死にます」

ナツキが、ぎょっとした顔を会長へ向ける。

池沢美鶴は平然と続けて、

「わたくしの跡を継いで、センキア会の会長に就いてくださらないかしら。〈光の人〉であることを公にした上で。わたくしには跡目を争うような子供もいないし、〈光の人〉ならば信者のみなさんも文句はいわないと思うのだけど」

「できません」

莉央は即座に答えた。

「絶対に無理です」

そういう話が出るかもしれない、という予感はあった。その場合も、引き受けるという選択肢《せんたくし》が脳裏に上ることは、一瞬たりともなかった。新興宗教の教主など、自分に務まるわけがない。務めたくもない。

それなのに、いざ言下に断ってしまうと、一抹の罪悪感が小さく胸を刺し、莉央を戸惑わせた。

「そう。仕方ないわね。そういわれるとは思ったけど」

池沢美鶴が穏やかに微笑《ほほえ》む。

その顔に、失望した様子はまったくなかった。

＊＊

「きっと先代は、すべて見通されていたのですね。あの後、わたしの身に起こることを」

ナツキが懐かしそうにうなずく。

「そういう方です」

＊＊

自分が〈光の人〉に選ばれたことをどう受け止めるべきか、莉央はまだ心の整理を付けられないでいた。そこには大きな意思が働いており、エルヴィンの件からすべてが繋がっているようにも見えるが、たんなる偶然の結果として片づけることもできないわけではない。しょせん自分は、あの予言じみた文言を人々に聞かせるためのスピーカーに過ぎず、すでに用済みなのかもしれないし、〈光の人〉として果たすべき役割がまだ残されているような気もする。しかし、それがなにかとなると、まるでわからない。７０１のときに天山大学まで赴いたのも、そうしなければエルヴィンを失うような気がしたからで、〈神の代理人〉になるつもりはさらさらなかった。むしろ、できることならこれ以上よけいなものを背負い込みたくない、という気持ちが強かったし、それはいまも変わらない。いっそ〈光の人〉であることなど忘れて、たとえあと十年で世界が終わるとしても、それまでは何事にも煩わされず、エルヴィンと静かに暮らしたい、というのが本音だった。

それでもナツキとの連絡を絶やさなかったのは、池沢美鶴の病状が気に掛かったということもあるが、せっかくできたナツキとの繋がりを大切にしたいという素直な思いもあったからだ。いっしょに超若旦那のライブに行くという約束もまだ果たせていない。

『じつは、リオさんにどうしても会いたいという方が』

しかしナツキからその電話を受けたときには違和感があった。日本で唯一の〈光の人〉がセンキア会と関《かか》わりがあることが公になってから、「一目でいいから会わせてほしい」という要望がセンキア会に殺到した。そこにはメディアや宗教の関係者だけでなく、〈光の人〉にお近づきになりたいという一般の人たちも含まれていた。そういう用件はいっさい取り次がないよう、ナツキには頼んであった。それを今回に限ってわざわざ知らせてきたということは、なにか特別な理由があるはず。

「どんな人なの」

『それが……』

第二章　セミネール

1

「そうか、受け入れたのか」

遠くの雲が光り、少し遅れて轟音《ごうおん》が窓ガラスを震わせる。さっきよりも間隔が短い。

「できることなら」

雷鳴が収まってから、沢野博史がつづける。

「君のような心境に至りたかったが、時間切れだな」

「神谷のせいですか」

「違うね」

沢野が声を高めた。

「それは違う。あくまで、ぼく自身の問題だよ」

そういうなり顔を背ける。

また光った。ほとんど同時に轟音が届き、窓が揺れた。

沢野は、口を閉じたまま、動かない。

不自然で居心地の悪い間が空く。

「なんです」

沢野が振り向く。

「なにが」

「いいたいことがあるのでは」

気まずそうな笑みを浮かべ、

「というより、君に聞きたいことがある」

「いってください。この際です」

逡巡《しゅんじゅん》を鎮めるように深く息を吸い、

「カピッツァ・クラブ休止前の最後のセミナー、憶《おぼ》えているか」

やはり、と思った。

「神谷くんは、二回目の701以降もセミナーに参加してはいたが、明らかに様子がおかしかった。いつもの舌鋒《ぜっぽう》が影を潜め、発表者が話しているときもぼんやりとしていることが多かった」

「よく見てますね」

沢野が気色ばむ。

「彼女はあのセミナーの中心だった。変調があれば、たちどころにセミナーの空気に反映する。だが、最後のあれは……」

そのときの情景を思い出しているのか、困惑が声に滲《にじ》む。

「〈光の人〉に選ばれたことも影響はしていただろう。あんな経験をすれば、通常の精神状態ではいられない。だが、ぼくにはそれだけとも思えない。君なら、心当たりがあるんじゃないかと思ってね」

「なぜ気にするんです。そんな昔のことを」

視線を宙に漂わせる。

「おそらく」

言葉を一つ一つ、手で探りあてるように、

「神谷春海という人間が、ぼくにとって、嫉妬《しっと》の対象だったから、かな」

苦い告白というより、当時の感情を愛《いと》おしむ響きがあった。

「嫉妬は、歪《ゆが》んだ憧《あこが》れでもある」

わかるか、と目で問いかけてくる。

「彼女には、ぼくにはとうてい持ち得ないセンスがあった。だからこそ、最後まで物理学者として、真理を追究しつづけてほしかったんだよ」

「そんなに変でしたか、あのときの神谷は」

「少なくとも、あんなものは物理学のセミナーじゃない」

その点は認めざるを得ない。

「僕にも、神谷の行動原理をすべて理解できていたわけではありませんが、僕なりの仮説でよければ」

「それでいい。聞かせてくれないか」

僕は、ゆっくりと息を吸った。

「二回目の701の直前、神谷の提案で賭《か》けをしました。神谷と、春日井健吾と、僕の三人で。今回の701でなにが起こるのか、あるいは起こらないのか。ちなみに、賭けたのはランチです」

沢野が、軽く笑みで流す。

「そのとき神谷は、なにも起こらない、といいました。健吾は〈神の代理人〉に光の矢が刺さる。僕は、世界が真っ暗になる」

「君が勝ったわけだ」

「健吾も、です。あそこまで当てたら十分だろうと」

「ということは、神谷くんの一人負けか。つまり、賭けに負けたことが原因？」

もちろん沢野は冗談でいっているのだ。右手の沢野ピストルがそれを示している。

僕は首を横に振って続けた。

「彼女は、クラウス博士の最初のステートメント以来、宇宙の設計者の存在を一貫して否定してきました。一回目の701の後も、クラウス博士があの現象を理論的に予測していたという、いわゆるトリック説に固執していたことは、沢野さんもご存じだと思います。その後、やはり無理があってトリック説は諦《あきら》めたようですが、納得はしていなかったはずです。悔しいという言葉を彼女の口から聞いたこともあります。人間が自分たちの力で宇宙の謎《なぞ》を解明できなかったことが悔しいと。本音では、宇宙の設計者の存在も認めたくなかったのでしょう。だから、二回目の701の直前になって、自ら賭けを提案し、これ以上の奇跡が起こらないことに賭けた。それは、宇宙の設計者による奇跡など二度と見たくないという、彼女の願望でもあったわけです。もちろん、そんな賭けをしたところで無駄なあがきに過ぎないことくらい、百も承知だったでしょうけど」

僕は一呼吸おく。

「結果は、無駄なあがきどころか、彼女自身が〈光の人〉になることによって、あれほど否定したかった宇宙の設計者の存在を証明することになってしまった。彼女にしてみれば、最悪の形でとどめを刺されたわけです。あのとき彼女が流した涙も、宇宙の行く末を儚《はかな》んだというより、やはり悔し涙に近かったのではないかと思います。そこに追い討ちをかけたのがクラウス文書でした」

僕は、なにも書かれていないホワイトボードを見やる。

「神谷は子供のころ、よく夜空を見上げながら、宇宙はどうやって誕生したのだろうと夢想していたそうです。その壮大で、だれも答えを知らない問題に挑むために、物理学を志したのだと」

沢野に目をもどして、

「ところが、クラウス文書によって、宇宙のからくりが明かされてしまった。人類が数千年もの歳月をかけ、その叡智《えいち》を振り絞ってなお全容の解明からはほど遠いこの宇宙が、実際は、予備研究のための簡易モデルでしかなかった。彼女の言葉を借りれば、だれも答えを知らないはずの問題に、解答集があったようなものです。こうなっては、もはや彼女が物理学に留《とど》まる理由はありません。むしろ、物理学に代わる新たな難題が目の前に現れたのですから、彼女の関心がそちらに向かうのも自然な流れです。彼女にも迷いはあったと思いますが、それを断ち切った末の決意表明が最後のあのセミナーだった、というのが僕の解釈です。でも」

僕は声を明るくして付け加えた。

「この仮説がまったくの見当違いである可能性も高いと思いますよ。なにしろ、神谷のことですから」

2

部屋に一歩、踏み入れると同時に足が止まった。

茶色がかった虹彩《こうさい》に、大きな瞳《ひとみ》を持つ、真ん丸の黒目が二つ。それが一分の狂いもなくシンクロして、こちらを向いている。その目に捉《とら》えられた瞬間、本能が危険を察知したときのような緊張が、莉央の身体《からだ》を貫いたのだ。

一見したところでは、普通の女性が静かに立っているだけだった。装いは夏らしく、黒のフレンチスリーブブラウスに、淡色のウィンドウペンチェック柄のスカート。太ってはいないが、骨格は頑丈そうで、安定感のある体型だ。

「お時間をとっていただいて、ありがとうございます。神谷春海です」

前で手を重ね、礼儀正しく頭を下げる。さすがに知性を感じさせる、落ち着いた声だった。

莉央は、はじめまして、と精一杯の愛想で応《こた》えた。

「どうぞ、おかけになってください」

「では」

と三人掛けソファの真ん中に腰を下ろす。

莉央は、ローテーブルを挟んで正面に座る。

ナツキが莉央の飲み物を持ってきてくれた。神谷春海の前には、すでに煎茶《せんちゃ》の入った湯飲みが置かれている。

「ありがとう」

目を合わせて、うなずく。

ナツキが、神谷春海にも一礼して、部屋を出ていく。

莉央にとっても、センキア会の本部を訪れるのは、これが初めてだった。八階建ての立派なビルだが、外観はごく一般的なオフィスビルで、新興宗教の入っている建物には見えない。

センキア会は、ほかの多くの新興宗教と異なり、大仰で奇天烈《きてれつ》な宗教施設を持たない。池沢美鶴会長が教主的な地位にあるのは事実だが、極端に神格化されているわけでもない。センキア会の教義にも、世直しだの終末思想だのといった過激な内容は含まれない。日々の暮らしの中でいかに幸福をつかむかという、現世利益を求める思想が中心になっており、宗教活動といっても、対話によって答えを見出《みいだ》すというカウンセリングの手法が用いられている。至って穏便な宗教なのだ。それが、ほかの主だった新興宗教に比べて規模が慎ましく、信者の数が少ない理由でもあるのだろうが、それでもこのようなビルを持っていることに、莉央は驚かされた。このほかにも支部が全国に八カ所あり、ここよりは小さいものの、やはりビルを所有しているという。

ナツキからの電話で知らされたのは、AMPROの特任研究員である神谷春海という女性が莉央に会いたがっている、ということだった。AMPROはいわずとしれた聖地であり、そこの神谷研究員は、降臨した神の使いと実際に会ったことがあるだけでなく、クラウス実験のきっかけとなった学術論文の事実上の執筆者とされている。そのような人物からの申し出とあっては、断ることなどできない。

しかも本人の弁によれば、先日の701のときに彼女も〈光の人〉に選ばれている。幸い、現場を目撃したのが二人の友人だけだったので、ほかに知られずに済んでいるとのこと。むろん、真偽を確かめるすべはないが、少なくとも目の前の女性が神谷春海その人であることは間違いなかった。AMPROのホームページに神谷春海という名前はたしかにあり、まさしくこの女性の写真が掲載されていたからだ。

「お会いしたいと思っていました」

と神谷春海が口元を緩める。鼻筋はきれいに通っているが、鼻翼がふっくらとしていて、愛嬌《あいきょう》を感じさせる。しっかり閉じられた口を飾る唇は、中央が分厚く、端に向かうにつれてきゅっと細くなっており、富士山の裾野《すその》を思わせる美しい曲線を描く。一つ一つのパーツは可愛《かわい》らしいくらいなのに、あの双眸《そうぼう》から放たれる霊気が隅々まで宿り、尋常ならざる力を得ているようだ。

柔らかそうな丸い頬《ほお》に紅を薄く差してあるくらいで、手の込んだメイクは施されていない。とくに目元はそっけないほどだが、だからこそ、眼差《まなざ》しに宿る光の強さが際だつ。髪は漆黒のショートボブで、先端が頬をガードするように突き出ている。

「わたしのことはリオと呼んでください。ただし」

「もちろん、この場だけのことで、ほかには漏らしません」

莉央はうなずいて目を伏せる。

短い沈黙を挟み、

「それで」

息を吸いながら目を上げた。

「きょうは、どのようなご用件で」

「いくつか、お伺いしたいことがあります」

神谷春海が続ける。

「先日の701のとき、リオさんは光の中で言葉を受け取りました。その言葉を正確に教えてくださいませんか」

「どうして、そんなことを――」

問い返しかけて、莉央は思いとどまり、

「たしか『あと十年で世界が終わる』だったと思います」

と早口で答えた。

神谷春海が復唱し、

「間違いありませんか」

「心配ならナツキさんに確認してください。彼女の記憶のほうが確かですから」

「ナツキさんとは、先ほどの方ですか」

「呼びましょうか」

「いえ、それには」

莉央は、自分の声が冷たく尖《とが》っていることに気づいていたが、それをどうすることもできなかった。

「あの言葉のほかに、なにか感じませんでしたか」

莉央は、質問の意図が呑《の》み込めないまま、

「なにも」

と答える。

「言葉にならない、もやもやとした感覚とか」

「ありません。さっきの言葉で全部です。もうよろしいですか」

神谷春海の目がわずかに大きくなる。それだけで眼差しの圧力が数倍に増幅される。

「……ご迷惑でしたか」

「いえ……ただ、早く忘れたいので」

「〈光の人〉に選ばれたことを?」

その声音に咎《とが》める響きを聞き取った莉央は、沸き上がる感情にまかせて神谷春海の目を見返し、

「神谷さんは〈光の人〉として崇高な使命感をお持ちなのかもしれませんが、わたしにはそういったものはないんです」

神谷春海が無言で見つめてくる。

さすがに言葉が過ぎたと気づき、

「すみません。神谷さんを侮辱するつもりは……」

あわてて取り繕った。

「わかっています」

そういう彼女の瞳に、憂いが浮かぶ。

「わたしのほうこそ、リオさんのご負担を考えずに。ごめんなさい」

莉央は、居たたまれなくなり、顔を伏せた。

なぜあんなことを口にしてしまったのだろう。いい歳《とし》をした大人が、劣等感まる出しの言説を吐き散らかすなんて。

神谷春海は、どこをとっても〈光の人〉に相応《ふさわ》しい本物だ。そんな人を前にすると、自分が取るに足らない存在であることを思い知らされる。あの日、自分にひれ伏す人々を目の当たりにして、〈光の人〉であることが持つ力を知った。選ばれた恍惚《こうこつ》の中で、〈光の人〉として果たすべき役割があるのではと、自分にもなにかできるのではと、一瞬でも錯覚したことが恥ずかしい。そんなもの、あるわけがないのに。

「わたしは、そもそも〈光の人〉に選ばれるべき人間じゃなかったんです。神谷さんたちのような高度な知識も、それを理解する力もありません。きょうは場所を借りていますが、本来は宗教とも無縁な人間です。選ばれる理由なんかどこにもない。きっと、なにかの手違いで……」

「選ばれた理由なんて、だれにもわかりません」

神谷春海が静かに応えた。

「宇宙の設計者、一般には〈神〉と呼ばれていますが、クラウス文書が正しいとすれば、わたしたちには思い描くことすらできない世界に彼らは住んでいる。そんな彼らの考えを、わたしたちが十分に理解できるはずもない。それでも、たとえ思い当たる理由がなに一つなかろうと、リオさんが選ばれた、という事実は揺らぎません」

莉央は顔を上げた。

それまで影すらなかった、目の前の女性に対する関心が莉央の中に生まれ、猛然と膨らんでくる。

「神谷さんは、ご自身が選ばれたことを、どうお考えなのですか」

「正直、どう考えればいいのか、迷っています」

眼差しを柔らかくして、

「だから、リオさんにお会いしたかったんです」

ああ、そうか。と、いまさらのように思い至る。この人も、わたしと同じものを、背負わされている。そして、わたしと同じように、戸惑っている。

莉央は居住まいを正した。

「さきほどおっしゃった」

神谷が、え、という顔をする。

「言葉にならない感覚のことですが」

ほっとした様子でうなずく。

「わたしの場合は、たとえそういうものがあったとしても、感じ取る余裕はなかったと思います」

「……そうですか」

「神谷さんには感じられたのですか。その、言葉にならないなにかが」

神谷が、記憶の底を覗《のぞ》くように、視線を一瞬だけ落としてから、

「あった、ように思うのですが、具体的になにかが見えたわけでもないんです。でも、もしかしたら」

そこでいったん言葉を切り、

「クラウス文書、お読みになりましたか？」

「いちおう、目は通しました。十年後に世界が終わることと、それを回避する方法が記されていることだけはわかりましたが、その内容となるとさっぱり」

「世界の終わりを回避する唯一の方法として、人類は自らが自我を持って生きていることを証明するという難題を、いわゆる〈神〉から課されたわけですが、どうすればそんな証明が可能なの

か、だれにもわかりません。でも、もしかしたら、わたしの感じたものの中に、ヒントでも書き込まれているのではないかと、あるいは、そのために自分の果たすべき役割が示されているのではと期待したのですが……ほんとうになにも書かれていない、単なる余白に過ぎなかった、そんな気もしてきて」

微笑とともに小さくため息を吐《つ》いた。

「仮に単なる余白だったとしても」

思うより先に、莉央の口から言葉が出る。

「それならそれで、わたしたちが自由に書き込んでも構わないわけですよね」

もともと自分にそんな考えがあったのではない。神谷の言葉を聞いているうちに、自然と浮かんできたのだ。莉央は、それを逃さないように、慎重に、丁寧に、掬《すく》い上げていく。

「〈光の人〉であることに、それ以上の意味はない。秘密のメッセージを託されているわけでも、特別な使命を帯びているわけでもない。だからこそ、一人一人が思い思いに、自由に行動できる。そういうことになりませんか」

奇妙な体験だった。自分の言葉で、自分の心が軽くなっていく。鮮烈な解放感が、胸いっぱいに広がる。

ふと気づくと、神谷が、微笑の消えた目で莉央を見つめていた。

「……わたしのいうこと、おかしいでしょうか」

神谷が爽《さわ》やかに破顔して、首を横に振る。

「リオさんに会いに来てよかったです」

＊＊

「わたしは、いまでもあの方に感謝しています。あの方のおかげで、リオさまがわたしたちのところに来てくださったのですから」

「それだけでもなかったと思うけど、気持ちが変わるきっかけになったのは確かね」

おそらく当時の自分は、〈光の人〉であることの代償を恐れていたのだろう。特別なものを与えられたからには、いずれ相応の犠牲を払うことになる。そう思い込んでいた。だから、できることなら〈光の人〉であることから逃げたかったし、ましてや〈光の人〉であることを活《い》かして新興宗教の教主になるなど論外だった。だが〈光の人〉であることに特別な意味などないとすれば、払うべき犠牲もない。ありもしない代償に怯《おび》える必要はない。そう気づかせてくれたのが、神谷春海との対話だった。

そうして呪縛を解かれた莉央は、あらためて自分の生き方と向き合った末に、〈光の人〉であるからこそできることを自分なりに見つけ、それを精一杯やればいい、という結論に至った。そのときになって初めて、池沢美鶴の跡を継ぐことが、現実的な選択肢《せんたくし》として視野に入ってきたのだ。

「きっと、いまごろは――」

莉央がいいかけたとき、スマホにテキストが着信した。

画面を開いて文字を追う。

思わず頬がゆるむ。

「あの方からですか」

莉央は、スマホから目を上げ、うなずいた。

3

沢野博史が、はっと顔を上げ、閉められたままのドアを凝視する。やがて、なにかを確信したように息を吐くと、口元に皮肉っぽい笑みを浮かべ、右手で頬杖《ほおづえ》を突く。

僕も、同じ方向へ視線をやりながら、気持ちが弾むのを抑えられない。

廊下を近づいてきたリズミカルな足音が、すぐ外で止まる。

一瞬の沈黙のあと、ドアが勢いよく開いた。

「ハーイ、ボーイズ！」

＊＊

みなさん、長い間、ありがとうございました。春日井健吾、平城アキラ、わたしの三名でひっそりと始めた自主セミナーに、こんなに大勢の方が参加してくださるとは、三年前には想像もできませんでした。わたし自身、多くのものをみなさんから学ばせていただきました。心から感謝します。

予告してあったとおり、きょうでカピッツァ・クラブをいったん休止します。いちおうこれでもクラブの会長なので、締めといいますか、最後に少しだけ時間をもらって、ミニ・セミナーという形で話をしたいと思います。

取り上げるのは〈クラウス問題〉です。タイトルを付けるなら『クラウス問題に関する一考察』という感じで、今後の予想を中心にコンパクトにまとめるつもりです。

しかし本題に入る前に、みなさんにお伝えしておかなければならないことがあります。先日の701のとき、全世界でいわゆる〈光の人〉が確認されましたが、じつは、わたしも光に包まれた一人です。証人は、そこにいる春日井健吾、平城アキラの両氏。二人には、口外しないようわたしから頼んでありました。みなさん、びっくりしているところを見ると、二人はわたしとの約束をちゃんと守ってくれたようですね。

冗談はともかく、自分が〈光の人〉となって真っ先に考えたのは、〈光の人〉とはいったいなんなのか、ということです。すでにご存じかと思いますが、〈光の人〉は十年後に宇宙が終わることを予言しています。わたしの口からも、たしかにそういった意味の言葉が発せられました。春日井、平城の両氏も実際に聞いています。しかし、クラウス文書にあったような具体的なメッセージは受け取っていません。

つまり、〈光の人〉とは結局、人々にクラウス文書を受け入れやすくさせるための前座、あるいは予告編のようなもので、〈光の人〉に選ばれたからといって、それ以上の特別な役目を課されたわけではない。わたしはそう結論し、いろいろと考えを巡らせ、今回の一連の決断を下すに至りました。要するに、すべてはわたしのわがままです。どうか許してください。

前置きが長くなりました。

本題に入ります。

クラウス文書で示された〈神〉、いちいち宇宙の設計者というのも面倒なので不本意ながらも〈神〉といっておきますが、〈神〉から示された検証課題、すなわち人類が〈自我を持つ生命体〉であることを証明する、それがクラウス問題です。これに対するわたしの予想は「クラウス問題の解決は不可能である」です。

その第一の根拠は、我々には〈神〉からの検証課題を正確に把握できていない可能性が高いことです。クラウス博士も文書の中で注意をうながしていましたが、異次元世界との通信にはどうしても歪みが生じます。しかも彼らがいるのは、クラウス文書を信じるならばですが、十次元時空です。四次元時空に生きる我々には、五次元時空さえイメージできないのに、十次元時空に生きる彼らと十分な意思疎通ができていると想定することには、相当な無理があります。

気をつけなければならないのは、人はややもすると、相手も自分と同じ世界を見て、自分と同じように感じ、自分と同じように考えると、無意識のうちに決めつける傾向があることです。そうすると、相手がどう考えているかではなく、自分ならどう考えるかという基準で相手の言葉の行間を埋めてしまい、それを相手の真意だと思い込んだまま、そのじつ相手の真意とはまったく無関係の概念に到達するという過ちを犯しかねません。そもそも、十次元時空に生きる〈神〉に、四次元時空にいる人間の姿がどう映っているのか、想像もつかないのです。そんな〈神〉と、なんらかの共通した概念を持つことが可能であるとは思えません。

クラウス博士が〈神〉からメッセージを受け取ったことは事実でしょう。しかし、博士はそれを、人類にかろうじて理解可能な言葉に、それもおそらくかなり強引に置き換えただけで、本来の意味をどの程度まで復元できているのか、だれにも、博士自身にも、保証できません。つまり、我々には〈神〉が示した課題の正確な内容を知り得ない。認識できない課題には取り組めません。これが、解決不可能であると考える理由です。

もちろん、クラウス文書の文言が〈神〉の意思を正確に復元している可能性も、ゼロではありません。異次元間通信に大きな歪みはなく、クラウス文書が課題の内容を十分正確に伝えているものと仮定しましょう。ならば解決は可能でしょうか。わたしはそれでも解決は不可能であると考えます。なぜなら、クラウス問題そのものに、構造的な矛盾が含まれているからです。

クラウス文書によると、まず〈神〉は人類を検証し、〈自我を持つ生命体〉ではないと結論しています。そこに至るまでには、あらゆる人間活動が観察されたはずです。人が表出する喜怒哀楽はいうに及ばず、わたしたちが崇高なものと考える愛や美、友情、あるいは絶望、希望、葛藤《かっとう》といった精神活動から、性愛や出産のような生物的なものまで。わたしたちが「生きるとはなにか」と問われたとき、大半の解答はこの範疇《はんちゅう》に収まるでしょう。にもかかわらず、〈神〉は不可の裁定を下した。つまり、我々の考える「生きる」と、〈神〉の考える「生きる」の間には、簡単には埋まりそうにない乖離《かいり》があるということです。「生きる」とはなにか。あるいは「自我を持って生きる」とはなにか。それに対してわたしたちはさまざまな解答を用意できますが、それらはすでにこの人間世界で営まれているもののはずです。でなければ、わたしたちはその解答をイメージできないのですから。しかし、繰り返しになりますが、そのすべてを把握しているはずの〈神〉の判定は不可だったのです。となると、〈神〉が解答として要求しているのは、これまでの人間世界で営まれたものではないということになります。そんなものを想定し、実行できるでしょうか。

わたしたち人間には、クラウス問題を解決する能力はありません。努力や工夫、技術の問題ではなく、人間であるかぎり不可能なのです。人間であることをやめれば、あるいは人間を超越した〈超人〉にでもなれば可能かもしれませんが、それでは人間が、〈自我を持つ生命体〉であることを証明するというクラウス問題に答えることにはなりません。どうやっても無理なのです。

しかし、逆説的ですが、この〈自分たちの限界に対して正しく自覚的であること〉こそが、もしかしたらクラウス問題の正解になり得るかもしれないと、わたしは考えています。希望的観測が入っていることは認めます。

クラウス文書を文字どおりに解釈すれば、十年後の701を以《もっ》て、この宇宙は閉じられます。

具体的にどうなるのかは、そのときになってみなければわかりませんが、ここまでの宇宙の営みが断ち切られるのは、わたしが光に包まれたときに感じたものから判断しても、間違いないと思われます。クラウス問題を解決できない以上、それを回避する手立てはありません。悲観的過ぎるという批判もあるかと思いますが、冷徹に考えればそう結論せざるを得ないのです。

しかし、それでも多くの人々が、この問題に挑むことでしょう。かくいうわたしもその一人で、しぶとく足掻《あが》くつもりです。たとえ〈神〉がどう判断しようと、それこそが人間のあるべき姿だと、わたしは考えるからです。できれば、ここにいるみなさんもそうであってほしいと個人的には思いますが、人にはそれぞれ事情があるので、これ以上はいいません。

ですが、最後の最後に、一つだけ。

来月、わたしはAMPROを去りますが、みなさんの中には、十年後もここに所属している人がいるかもしれません。その人にお願いがあります。

十年後の701のとき、この部屋を使えるよう手配していただけないでしょうか。そして、わたしを含め、すでにAMPROを離れた人のところに、ゲスト用IDを送っていただけないでしょうか。宇宙が消えるかどうかという日に、カピッツァ・クラブとしての本当に最後のセミナーをここで開催したいので。

（笑）

もちろん冗談ですよ。

でも、もし招待状をもらったら、わたしは絶対に来ます。這《は》ってでも来ます。

わたしの話は以上です。

質問や意見があれば受け付けますが。

あ、沢野さん、どうぞ。

＊＊

強い光を宿す瞳を少しだけ潤ませながら、3号セミナー室を見わたす。ドアを閉め、一歩一歩踏みしめるように、ホワイトボードの前に立つ。黒のマーカーを手に取り、懐かしそうに握ってから、ボードのトレイにもどす。そうしてあらためて、僕たちと向き合い、笑みを浮かべる。

「お久しぶりです」

カピッツァ・クラブ、再始動の瞬間だった。

神谷春海は、十年前よりスリムになり、顔の輪郭も引き締まっていた。メイクも以前に比べて丁寧だ。そしてなにより、ネイビーのパンツスーツを着用している。神谷のスーツ姿など、AMPROにいたころは、せいぜい学会で登壇する時くらいしかお目にかかれなかった。

「沢野さん、IDをありがとうございました。ほんとうに送られてくるとは思わなかったので、嬉《うれ》しかったです」

「あのとき、冗談でいっているようには見えなかったんでね」

沢野が大げさに目元をしかめ、

「ほんとうに冗談だったの？」

神谷が笑みを湛《たた》えたまま、首を横に振る。

「どんな十年だった？」

僕が問うと、視線を宙へと向ける。その眼差しは、かつて〈歩く神罰〉と呼ばれていたころからは想像できないほど、深く静かだった。あの瞳の奥底で、十年という時間を辿《たど》り直したのだろう。やがて視線をもどした神谷は、僕をしっかりと見て、万感を込めた声で答えた。

「楽しかったよ」

神谷と会うのも十年ぶりだが、連絡は取り合っていた。神谷はＡＭＰＲＯを辞めたあと、三年ほどかけて、世界各地の〈光の人〉を訪ね歩いた。〈光の人〉は判明しているだけで九十九名を数えるが、実際に会えたのは五十六名に留まった。その後も世界を飛び回り、哲学者や宗教学者、文学者などと交流した。むろん、クラウス問題の解決法を探るためだ。しかし結局は、クラウス問題の解決は不可能との確信を深めただけだったという。それでも神谷は、自分の十年間に満足しているということなのだろう。やれることはやったと。

「アキラは？」

僕はというと、ずっとクラウス問題を考えていたと沢野にはいったが、正直なところ、日々を生きるのが精一杯だった。神谷がＡＭＰＲＯを去った二年後、幸いにも別の大学で職を得て、今日まで研究は続けてきた。論文もそれなりに発表したが、大きな成果を上げたとは言い難い。むろん僕の力不足のせいだが、７０１以降、物理学の研究コミュニティに漂う無力感が影響しなかったといえば嘘《うそ》になる。プライベートでもとくにこれといった慶事も凶事もなく（じつは、これはほんとうは思い出したくもないのだが、大学で知り合ったある女性と結婚直前まで行きながら、あと一歩を踏み出せずに終わってしまったことならある）、そんなこんなをひっくるめた十年を一言で表すとすれば、

「普通」

神谷が笑った。十年前にもどったような笑顔で。

「それがいちばん」

「そうか？」

神谷が沢野に目を移す。

「ほかに参加する人は？」

「ゲスト用ＩＤは、カピッツァ・クラブに在籍したことのある全員に送っておいたが、やはりきょうは家族と過ごす者が多いようだね。来ると返事があったのは、あと三人」

「ということは、健吾のほかに二人も」

廊下から騒がしい声が聞こえてきた。春日井健吾の声はすぐにわかった。あとの二人の声にも聞き覚えがある。あっという間に近づいてきて、勢いそのままにドアが開く。健吾といっしょに

入ってきたのは、院生時代に所属していた小野くんと芹沢くんだった。神谷を見つけるなり、歓声を上げて駆け寄る。ちょっとしたアイドル扱いだ。その様子を呆《あき》れ顔でながめていた健吾が、僕と視線を合わせてにやりとする。もちろん健吾とも連絡は取り合ってきたし、一年に一度くらいは飯を食っている。というか、一週間前にも会ったばかりだ。

「沢野さん、ご無沙汰《ぶさた》してます。今回は、いろいろとありがとうございました」

健吾がいうと、小野くんと芹沢くんも初めて気づいたのか、あわてて沢野に挨拶《あいさつ》をする。沢野は苦笑しながら沢野ピストルで応える。

ともあれ参加者が勢ぞろいし、互いの近況報告や思い出話がひとしきり飛び交ったところで、神谷がリーダーらしさを発揮した。

「じゃあ健吾、始めてくれる？」

「了解」

カピッツァ・クラブ、最後のセミナーの発表者は春日井健吾だ。

テーマは、クラウス・プロジェクトの最終成果について。

4

神谷春海との出会いが、気持ちを切り替える転機になったことは間違いないが、池沢美鶴の跡を継ぐという選択肢に向けての一歩を踏み出させたのは、別の要因だったように莉央は思う。それがなんだったのか、いまでもはっきりとはわからない。ただ、〈光の人〉に選ばれた以上は、それをなんらかの形で活かさなければという、使命感というよりは切迫感のようなものに、ずっと苛《さいな》まれていたのは確かだ。結局はそれが昂《こう》じて視野狭窄《きょうさく》を引き起こし、神谷春海への大人げない対応にも繋《つな》がってしまったのだが。

神谷春海とのやりとりによって無用の呪縛から解き放たれ、あらためて顔を上げたとき、たまたま目の前に、新興宗教の教主という誂《あつら》えたかのような選択肢がぶらさがっていた。そういうことなのだろうか。それとも、ナツキのいうように、すべては神の導きによるもので、最初からこうなることが決まっていたのか。考えてみれば、センキア会の創設者である池沢清子も、ある日とつぜん神の言葉を受け取ったことから、この道に入ったとされているのだった。思いがけず〈光の人〉となった自分も、似たようなものなのかもしれない。

いずれにせよ、池沢美鶴の要請を受け入れたからといって、そのまますんなりとセンキア会の次期会長になれるわけもなかった。莉央には多くのことを学ぶ必要があった。センキア会の歴史や組織については、自分で調べたりナツキから教授されることでカバーできたが、センキア会の会長であるとはどういうことなのか、それを莉央に教えられるのは一人しかいない。

莉央は、時間の許すかぎり、池沢美鶴の病室を訪れ、彼女の言葉に耳を傾けた。ときには問答を通して、自分なりの考えをまとめることもあった。

いまでも思い返すのは、莉央が、

「世界が終わることに怯える人たちに、どのような言葉をかければいいのでしょうか」

と尋ねたときのことだ。世界が終わることを否定すれば、その伝言を神から託された〈光の人〉をも否定することになり、自分は池沢美鶴の跡を継ぐ資格を失う。かといって、世界が終わることを受け入れるよう諭すことが、会長たる者の役割とも思えない。

池沢美鶴は、しばらく瞑想《めいそう》するように沈黙してから、こう答えた。

＊＊

「たとえこの世界が終わっても、別の世界、たとえば神の世界に生まれ変わることができる、というのはどうかしら」

拍子抜けするくらい、あっさりとした口調だった。

「わたしは、そのようなメッセージは受け取っていませんが」

「生まれ変われない、というメッセージも受け取っていないのでしょう」

莉央は面食らった。

「嘘を吐けと？」

「いいですか、リオさん」

透き通った瞳が莉央を捉《とら》える。

「必ずしも真実が人を救うとは限りません。ときに真実が人を殺し、嘘が人を生かすこともあります」

莉央は、池沢美鶴の言葉を懸命に咀嚼《そしゃく》しようとした。

「現実的な対処の方法が残されているならばまだしも、今回のことに関していえば、わたしたちにできることはなにもありません」

いわゆる〈クラウス問題〉は、人類には解決不可能だという。神谷春海のような専門家でさえ匙《さじ》を投げるほどなのだ。

「それでも、わずかな可能性を信じて、この残酷な現実に立ち向かう人もいるでしょう。でもね、そんな強い人ばかりではないのですよ。ほとんどの人は、神から宣告された運命に粛々と従うしかない。そういう人たちの不安や恐怖を和らげることが、これからのあなたの仕事になります」

「それは、わかるのですが……」

「心配ですか。自分の言葉を信じてもらえるか」

いえ、と莉央は首を横に振った。

「むしろ、わたしの嘘を多くの人が信じてしまうことを、怖いと感じます」

池沢美鶴が、眩《まぶ》しそうに目を細めた。

「だいじょうぶ。みんなは、あなたの嘘を闇雲《やみくも》に信じるわけではありません。あなたの嘘に乗っ、、、、、、、、、、、、てくれるのです」

莉央は、一瞬、意味を摑《つか》めなかった。

「……つまり、わたしの言葉を嘘だとわかった上で」

「もちろん、どのような嘘でもいいわけではありませんよ。それでも、言葉に一片の真実さえ感じられれば、人は残りの嘘を受け入れることができます。たとえそれが嘘だとわかっていても。なぜだか、わかりますか」

その問いに対する答えは、あらかじめ用意してあったかのように、莉央の脳裏に浮かび上がってきた。

「絶望の中を生き続けるには、その嘘が必要だから」

池沢美鶴がうなずく。

「あなたが〈光の人〉であること、そして神が実在し、実在する神があなたを選んだことは、紛れもない事実です。その事実の重さが、あなたの嘘を、真実の色に染めてくれます」

莉央を見つめる眼差しが鋭くなる。

「このことは、つくづく肝に銘じておいてください。いまのあなたは、嘘で人を救うことができる」

＊＊

莉央は、池沢美鶴から提案された「神の国へ転生する」というアイデアは、せっかくだが使わないことにした。まず莉央自身がその嘘に乗れなかったからだ。乗れない嘘に真実味は持たせられない。それよりも「クラウス問題が解決されることで世界は救われる」という予言のほうがまだ乗れる。やはりどこかで、人間の力を信じたいという思いがあったのだろう。この嘘で果たして通用するのか、莉央には確信を持てなかったが。

それが試される日が来た。

当時、センキア会では、五月と十一月の年二回、本部会なる会議が開催されていた。全国の支部長が本部に集結して、半期の収支や会員の動向などを報告したり、今後の運営方針を巡って意見を交わしたりするためだ。池沢美鶴が病を得てからは、ナツキが会長代理として会議を仕切っていたが、その年の十一月の本部会において、池沢美鶴の後継者として〈光の人〉リオが指名されたことを発表するとともに、莉央が初めて信者の前に姿を見せることになったのだ。

＊＊

「もっと強いメッセージが必要なのよ！」

隣の会議室から漏れ聞こえた甲高い怒声に、莉央は思わず目を開けてドアを見つめた。秀彦のことが脳裏を過《よ》ぎり、ぞっと怖気立《おぞけだ》つ。もちろん、ここにあいつがいるわけもない。さっきから重厚なドアの向こうで弁舌を振るっているのは、センキア会関東支部長の吾桑孝夫《あそうたかお》という、ナツキが要注意人物として挙げていた男だ。

「昔からそうだけど、とにかく池沢会長はやり方が生ぬるすぎるわけ！」

「吾桑支部長、言葉に気をつけてください」

しかしナツキも負けてはいない。群衆の暴力を前に立ち尽くしていた姿からは想像できないほど、毅然《きぜん》とした声で吾桑の怒号を跳ね返している。

きょうの本部会では、閉会間際にナツキが後継者の件を切り出し、ナツキの合図で莉央が控え室から登場する段取りになっていた。出席者たちには知らせていない。「吾桑がどんな横槍《よこやり》を入れてくるかわかりませんから」とナツキはいっていた。いずれにせよ莉央にとっては、ここが最初に越えなければならないハードルになる。

控え室で一人になってからは、莉央の胸はずっと早鐘を打ち、指先も電気に触れたみたいに痺《しび》れている。さっきから目を閉じて深呼吸を繰り返し、例によって自己暗示をかけて緊張を和らげようとはしているのだが、集中しようとすればするほど隣の部屋の状況が気になり、結局は聞き耳を立ててしまうのだった。

「私とて本来ならこんなことはいいたくないのよ。池沢会長を敬愛する点では人後に落ちないつもりだから。でもね、池沢会長が事態の深刻さをちゃんと理解しているようには、どうしても見えないわけ。神から世界の終焉《しゅうえん》を宣告され、会員は不安と恐怖に翻弄《ほんろう》されている。心の拠《よ》り所を求めて必死になっている。とくに新しく入会した人たちはそのためにセンキア会を選んだようなものでしょ。みな安心させてくれる言葉を求めて来てるわけよ。それなのに、池沢会長はその期待にぜんぜん応えようとしない。これじゃあ、せっかく入ってくれた人たちも失望して離れてしまう」

ナツキによれば、吾桑は701以後、奇跡を予言できなかった池沢美鶴への不信感を隠そうともしなかったという。さらに、管轄する関東支部で会員数が大幅に増加したことを背景に、次期会長の座への意欲さえ見せていた。実際、各支部長へさかんに根回しをしていたらしい。ところが二回目の701の際、日本で唯一の〈光の人〉が池沢美鶴の側近ナツキと行動を共にしていたことが明らかになると、急に焦りを見せはじめる。ナツキから〈光の人〉の素性を聞き出そうと試み、それがだめならセンキア会の会員なのか否かだけでも教えろと執拗《しつよう》に迫ったのだ。もし〈光の人〉が会員ならば、次期会長の最有力候補に躍り出てしまう。それだけは、なんとしても阻止したかったのだろう。もちろんナツキは、吾桑の要求には一切応じなかった。

「もうね、これまでと同じやり方じゃ通用しないわけ。世界が終わるのよ。わかってるの？」

吾桑の声には絞り出すような切実さが込められていた。これが聴衆を意識した芝居なら大した役者だと、莉央は本気で感心しかけた。果たしてこの男に、自分の言葉が通用するのか。

「池沢会長に会員の期待に応える気がないのなら、会員の期待に応えられる者にいますぐ道を譲るべきでしょ。どのみち池沢会長も、そう長くはないんだし」

「吾桑支部長っ！」

「来年の本部会などと悠長なことはいっていられないのよ。きょう、この場で、新会長を決めていただきます。これは私たちの総意です」

「私たち？」

「あなたは、その結果を池沢会長に報告してくれればよろしい。会長が受け入れればそれでよし。あくまで拒否するというのなら、私たちにも考えがあります」

「ちょっと待って。それは……」

ふいに応酬が途絶え、ドアの向こうで沈黙が続く。

その重苦しい気配を打ち破ったのは、吾桑の叩《たた》きつけるような叫びだった。

「全国八支部がすべてセンキア会を離れ、新しい教団を立ち上げるってことっ！」

その声を耳にしたとき、莉央は驚くよりもまず、違和感を覚えた。これは池沢会長を追放するという、事実上のクーデターだ。すべての支部が吾桑支持で固まっているのなら、この吾桑の言葉は勝利宣言に等しい。なのに、吾桑の声に勝ち誇った響きがまったくない。むしろ、そのひび割れた叫びは、親を求めて泣き喚《わめ》く幼子の姿を想像させた。

身体が自然に動き、莉央は椅子《いす》から立ち上がった。なぜか迷いはなかった。自分の為《な》すべきことが、これ以上ないほどはっきりと見えていた。心臓の鼓動は落ち着き、指先の痺れは消え、心は波一つない湖面のようだった。控え室から会議室に通じるドアを、ゆっくりと開けた。

センキア会本部ビルの五階にある会議室は、六十平米ほどの広さで、三人掛けの長テーブルが八台、正面を向いて二列に並んでいる。そこに、おそらく各支部ごとだろう、いずれもスーツ姿の男女が二人ずつ着席していた。控え室のドアは会議室後方にあるので、みな莉央に背を向ける格好になり、莉央が入ってきたことに気づいた様子はない。左側の壁に広がる大きな窓は、いまは重そうなカーテンで塞《ふさ》がれている。日光を遮られた室内を照らしているのは、クリーム色の天井にはめ込まれた、正方形の照明器具だ。四方の壁は木目を基調としているが、右側の壁の中央には、天井と同じクリーム色のニッチが施されており、そこに抽象画が二枚、スポットライトを浴びて浮かんでいた。莉央から見て向こう正面の壁を覆うのは、天井から下がる大きなホワイトスクリーン。その前の、ひときわ長いテーブルに、経理担当者ら本部スタッフとともに着いているナツキが、合図を待たずに入ってきた莉央に気づき、大きく目を見開いた。彼女の視線に釣られて、ほかの出席者たちも振り向く。沸騰寸前だった熱気が、凍りついたように鎮まった。

莉央は、呼吸さえ躊躇《ためら》われる静寂の中、右手の壁に沿って進む。歩きながらナツキに微笑みかけると、戸惑いを見せていたナツキも、笑みでうなずく。

「……光の人だ」

だれかのつぶやきが聞こえた。

莉央は、前に出ると、ナツキの左隣に立ち、ナツキの左肩に右手を添えて、出席者を見渡した。年齢層は広く、三十代らしき女性もいれば、明らかに六十歳を越えた男性もいる。みな堅苦しいスーツに身を包み、いかにもビジネス会議という雰囲気だが、莉央に注がれる彼らの眼差しには、異様な熱量が込められていた。莉央には見覚えがある。天山大学のキャンパスで〈光の人〉となった莉央が、女王のように睥睨《へいげい》したときの、周囲の人々の反応と同じなのだ。

窓側いちばん奥の席に、居並ぶ各支部スタッフの中でただ一人立ち上がり、長テーブルを両手で押さえつけるような格好で身を乗り出している小太りの男がいた。普段は青白いくらいであろう顔を紅潮させ、目を赤く潤ませている。

「吾桑さん」

莉央は、その男を見つめて、いった。

「大丈夫です。世界は、救われます」

吾桑孝夫と思《おぼ》しき男が、はっと息を吸い、身体を起こした。なにかをいいたげに口を開くが、言葉は出てこない。さかんに瞬《まばた》きを繰り返しながら、ゆっくりと視線を落とす。そして、目を強く瞑《つむ》った次の瞬間、歯ぎしりするような嗚咽《おえつ》とともにテーブルに突っ伏した。

＊＊

おそらく、世界が終わる不安と恐怖に翻弄され、安心させてくれる言葉を必要としていたのは、彼自身なのだろう。センキア会を離脱するという脅しも、必死に助けを求める彼なりのサインだったのだ。

しかし莉央にとって不思議なのは、なぜ当時の自分が、声を聞いただけで彼の心情を見抜き、さらに躊躇《ちゅうちょ》なく大胆な行動に移すことができたのか、だ。あのときの感覚は、いまもうまく説明できない。一つだけいえるのは、吾桑の叫びを耳にした瞬間から、自分が完全に〈光の人〉リオになり切っていたことだ。自己暗示の効果が、突如として発現したかのように。〈光の人〉リオとして生きていく覚悟が自分の中に根付いたのは、まさにあのときだったのかもしれない。

ともあれ、この本部会において莉央がセンキア会の次期会長として承認され、多忙を極める毎日が始まった。外にいるときは常に〈光の人〉リオとして振る舞い、莉央にもどれるのは部屋に帰ってエルヴィンといるときだけだった。それは、正式に会長に就任して八年が過ぎても変わらない。

そしていまも、〈光の人〉リオの言葉をだれよりも必要とする人が、目の前にいる。

5

仮にも宇宙が消滅するかもしれないという日だ。どんな狂乱の中で迎えることになるかと思っていたが、蓋《ふた》を開けてみれば、拍子抜けするくらい平穏だった。

平穏といっても、何事もなく平和だという意味ではない。相変わらず政治の世界では不祥事発覚と責任転嫁が繰り返され、株式市場は経済指標に反応して乱高下し、どこかの国の国境ではきょうも小規模な戦闘が続いている。社会のあらゆる場所で新たな問題が発生し、警察官の銃声が夜空に響き、消防車や救急車は世界中で走り回っていることだろう。だが、宇宙が消えるという理由で自暴自棄になった民衆が暴動を起こした、というニュースは聞かない。

もしこれが小惑星の衝突による人類滅亡の危機であったなら、人々の反応も大きく違ったはずだ。小惑星が刻一刻と地球に迫ってくる様子はセンセーショナルに報道され、また衝突直前ならばその死神の姿を肉眼でも確認できるだろうから。否定しようのない現実として突きつけられれば、もはや逃げ場はない。そのとき人がなにを感じ、どう行動するのかは、小説や映画で繰り返し描かれている。

しかし、今回は事情が違う。まずスケールが大きすぎる。地球滅亡か、せいぜい太陽系消滅くらいまでならなんとかなったかもしれないが、何千億もの銀河を含む宇宙そのものが消えてしまうとなると、人間の想像力では追いつかない。しかも、その根拠はといえば、〈光の人〉が口にした予言と、アレキサンダー・クラウスの発表した文書だけなのだ。

注意しなければならないのは、二回目の７０１において、ほとんどの人が実際に体験したのは、たった数秒間のブラックアウトだけ、という点だ。〈光の人〉をその目で見たわけではないし、予言の言葉を聞いてもいない。クラウス文書を含め、すべては伝聞でしかない。しかも、その後の十年間、予言を裏付けるような現象も起きていない。これでは、当初のインパクトがいかに大きくとも、時間による風化は避けられない。記憶もあいまいになり、あのブラックアウトでさえ、夢でも見たのではなかったか、と思えてくる。そこに、宇宙消滅を否定したいという無意識の願望が作用すると、701そのものをフェイク扱いしたり、クラウス博士を詐欺師呼ばわりすることになるわけだ。

一方で、神による奇跡としか思えない現象が二回も起きた以上は、宇宙消滅を現実的な脅威として受け止めざるを得ないと考える人も、けっして少なくはない。そのような人たちの反応は、各々の人生観を反映してかじつに多様で、ひたすら祈りを捧《ささ》げる人もいれば、残り時間を謳歌《おうか》することに勤《いそ》しむ人もいる。ただ、どのような形にしろ事態に反応できる人は、宇宙が存続するという希望を心のどこかで持っているのだと思う。世界の終末を完全に認めてしまえば、たいていは無気力となり、祈ることすらできない精神状態に陥るからだ。事実、今年に入ってから、それが原因と思われる自殺が増加しているという。

ところで、宇宙消滅を現実的な脅威と認識した上で、それを阻止すべく行動を起こした人も、少数派ながら存在する。彼らが果敢に挑んだのは、もちろんクラウス問題だ。この十年間、物理学や数学、天文学、生物学、化学、工学、さらには哲学や文学の各専門家までもが、個人あるいはチームで、この問題に取り組んできた。

その中で最も注目されたのは、やはりこの人、アレキサンダー・クラウスの立ち上げたクラウス・プロジェクトである。なんといってもこれは、数学というレンズを通して神の世界を覗いてやろうという大胆きわまる企《くわだ》てだ。成功すれば、たとえクラウス問題の解決には及ばなくとも、神に一矢を報いることはできる。人類、意地の一矢だ。

クラウス・プロジェクトの神髄は、僕たちのいる四次元時空の物理法則を、神の住む十次元時空に移植することにある。むろん簡単ではないが、取っかかりとなる事実はいくつか知られていた。

たとえば二十世紀前半に活躍したドイツの数学者テオドール・カルツァによると、アインシュタインの一般相対論は、次元を一つ増やしても数式上の矛盾は生じない。つまり、一般相対論が成立するのは、四次元時空に限った話ではない。

また、すでに触れたように、超弦理論では、僕たちの宇宙にも余剰次元として六次元空間がどこかに存在し、神の住む世界と同じ十次元時空になっている必要がある。この一致を単なる偶然と片づけるわけにはいかない。超弦理論は、すでに神の世界の一部を描出していた可能性が高い。

クラウス・プロジェクトでは、この超弦理論をはじめとしたあらゆる物理理論に加え、ガロアくんの数式から発見された最新の数学理論（健吾の直感は正しかったのだ！）までも駆使して、神の世界の解像度を上げる努力がなされてきた。その成果は、これまでに数多くの論文として結実している。

そして、宇宙が消滅するかもしれない今日、クラウス・プロジェクトに参加した春日井健吾が、みずから十年分の研究を総決算する場として、カピッツァ・クラブ最後のセミナーに立ったのだった。

予定されていた九十分間、健吾はホワイトボードと、十年間でさらに磨きをかけたプレゼンの技術を存分に活用し、クラウス・プロジェクトの始動から完了までを語った。

健吾によると、プロジェクト開始当初は、意外にも楽観的な雰囲気が漂っていたという。先に触れた一般相対論や超弦理論など、四次元時空を超える物理理論は珍しくなく、すでに有望なアイデアもいくつか提示されていたからだ。ところが、これらの理論とアイデアを武器にいざ神の世界に乗り込もうとすると、途中まではうまく行きそうなのに、いきなり理論が壊れたり、意味を成さなくなったりして、ことごとく頓挫《とんざ》した。それはまるで、意気揚々と最新鋭ジェット機の大編隊を送り込んだら、神の世界に到達する直前、一瞬にして全機空中分解してしまったようなもので、みな訳もわからず呆然《ぼうぜん》としていたという。当初の楽観論は、一年も保《も》たずに霧散した。

だが、転機は訪れる。アイデアも使い果たし、完全に行き詰まったと思われたとき、神の世界に通じる細いトンネルが見つかったのだ（もう少し詳しくいうと、独創的で複雑な数学的操作によって、理論の空中分解を回避することに成功したのだった）。その発見者こそ、我らが機構長（当時）三塚佑先生である。

健吾の口から三塚佑という名前が出たとき、僕たちは待ってましたとばかりに、歓声とともに拳《こぶし》を突き上げた。小野くんと芹沢くんだけでなく、神谷春海や沢野博史までもが。かつてのカピッツァ・クラブでは絶対に見られなかった光景だ。ちなみに、この三塚トンネルの発見には、例のガロアくんがヒントをくれた最新数学理論が重要な役割を果たしている。もしかしたら、これも偶然ではないのかもしれない。

いずれにせよ、三塚トンネルの発見は、クラウス・プロジェクトにおいて決定的なブレイクスルーとなる。これ以後、四次元時空の物理理論が続々と十次元時空に送り込まれ、膨大な情報をもたらした。そこから浮かび上がってきた神の世界は……。

残念ながら、僕たち人類の頭脳ではイメージできない。言葉にすることも不可能だ。だが、いまホワイトボードを埋める数式の向こうには、たしかに未知の世界が広がっている。文字どおり、想像すらできない世界が。その世界像が正しいのか。間違っているのか。そもそも前提からして見当はずれなのか。僕たちにはわからない。おそらく永遠に。だが、十次元時空に住む彼らにはわかっているはずだ。

質疑に移ると、小野くんと芹沢くんがさっそく手を挙げ、矢継ぎ早に質問を繰り出した。これまでに発表されたクラウス・プロジェクトの論文を読み込んできたのだろう。いずれも鋭く、核心を突くものばかりだった。沢野博史も二つほど、ごく穏当な質問をした。僕はというと、一週間前に健吾と会ったときにさんざん聞いたので、きょうはほかの人に時間を譲ると決めていた。ただ、質疑に入ってから、神谷が一言も発せず、じっとホワイトボードを見つめているのは気になった。

健吾も同じだったのだろう。みなの質問が一段落してから、

「神谷、やけに静かだな」

神谷が、我に返ったように顔を向ける。

「ちょっと思ったんだけどね」

この台詞《せりふ》に、ざわっと緊張が走った。〈歩く神罰〉を知る者にとっては条件反射みたいなものだ。

「これが正しいとすると、もしかして、彼らの世界って……」

とたんに健吾が、うれしそうに顔を綻《ほころ》ばせる。

「センスは錆《さ》びついてないな。さすが神谷」

「どういうことだよ」

悔しいことに、僕には神谷と健吾がなんの話をしているのか、見当も付かなかった。ほかの三人も同様らしいことは、顔を見ればわかる。

「つまりだな」

健吾が僕たちに向き直る。

「彼らの住む十次元時空の上位には、さらに高次元の宇宙が存在する可能性がある」

3号セミナー室が、呆気《あっけ》にとられたように静まりかえる。

「といっても、そう考えても矛盾はない、というだけなんだが」

「でも」

と小野くんが戸惑い気味に口を開く。

「プロジェクト関連の論文のどこにもそんなことは」

健吾が苦笑して、

「気づくまで時間がかかってね。間に合わなかったんだよ。それを神谷は初見で看破した。クラウス博士は、俺じゃなくて神谷をスカウトすべきだったな」

沢野の引きつるような笑い声が響いた。

「なんとまあ。つまり、彼らは全知全能の神なんかじゃない。彼らもまた、その上にいる何者かによって造られた、時空モデルの副産物に過ぎないかもしれないってことか」

この宇宙、いや、彼らのいる十次元時空を含めたこの世界は、どういう成り立ちになっているのか。僕たちはまだ、なにも知らないのだ。そして、なにも知らないまま——。

「さてと」

健吾が気分を変えるようにいった。

「そろそろ時間も近づいてきたし、このあたりで。神谷」

「うん。ありがとう、健吾。とても面白かったよ。最後に相応しいセミナーだった」

僕たちは拍手で健吾を労《ねぎら》った。健吾が一礼して応える。その目が少し潤んで見えたのは気のせいではない。

健吾と入れ替わりに、神谷が前に立つ。

気持ちを落ち着けるように一呼吸おいて、

「みなさん」

僕たち一人一人と目を合わせる。

「きょうは、ほんとうに、ありがとうございました。とくに沢野さん。この場を作っていただいたこと、あらためて感謝します」

こんどは健吾が沢野を称《たた》える拍手をする。

僕たちも間を空けずに続く。

「もういいって」

沢野ピストルが照れくさそうに宙を舞う。

「それでは」

神谷が胸を張り、大きく息を吸った。

「カピッツァ・クラブ、ただいまを以て、解散とします」

＊

十年という歳月のうちに、多くの人が神による世界の終焉にリアリティを感じられなくなったのは、二度目の701が間違いなく起きたという物証が残っていないからだ。しかし、実際に光に包まれた莉央はもちろんだが、その様子を間近で目撃し、世界が終わるという神の宣告をその耳で聞いた者にとっては、701の衝撃は十年程度で薄らぐようなものではなかった。

今夜はいつになく饒舌《じょうぜつ》だったナツキも、午前零時を回ったころから口数が減り、いまはうつむき気味に黙りこくっている。表情も硬く、肩は微《かす》かに震えている。その時がいよいよ迫り、怖いのだろう。それはそうだ。世界が終わるかもしれないというときに、恐怖を感じない者などいない。

莉央も怖い。もしナツキがいなかったら、エルヴィンを抱きしめて泣いていたかもしれない。だが、いまは〈光の人〉リオという仮面を被《かぶ》っている。この仮面を着けている間だけは、恐怖を感じないで済む。たとえその実態が、単なるやせ我慢に過ぎないとしても。

だからこそ、いまエルヴィンをここに連れてくるわけにはいかない。エルヴィンの顔を見れば、仮面がたちどころに割れ落ち、感情が抑えられなくなるから。それがわかっているから。

わたしは〈光の人〉リオとして生きると決めたのだ。

最後まで演じ切る。

莉央は、手にしていたグラスを置き、立ち上がった。ローテーブルを回り、ナツキの右隣に腰を下ろす。顔を前に向けたまま、ナツキの肩を抱きよせる。

「大丈夫。心配しないで」

「……リオさま」

莉央はナツキに微笑む。

「怖いのなら目を閉じてなさい。朝が来たら起こしてあげる」

ナツキが、控えめな笑みを浮かべてから、

「はい」

眠るように目を瞑り、身体の強《こわ》ばりを解いた。

莉央は、ナツキの肩を抱く腕に、力を込める。

そして、ナツキと同じように、目を瞑った。

＊

セミナーが終わっても、だれも帰ろうとしなかった。たしかに、宇宙の消滅を見届けるのに、AMPROは悪くない場所だ。それに、ここには〈光の人〉神谷春海がいる。ふたたび何かしらの奇跡を目撃できるかもしれない、という期待も、ないといえば嘘になる。

その神谷だが、カピッツァ・クラブの解散宣言を無事に済ませ、気が抜けたというのでもないのだろうが、ほとんどしゃべらなくなった。背もたれに上体を預け、両手を前に投げ出し、寝起きのような目を虚空へ向けている。彼女なりの感慨があるのだろうと思い、僕はあえて話しかけなかった。ほかの四人も僕と同じように感じたのだろう。そっとしておくことを選んだようだ。

神谷を除く僕たちは、とりとめのない雑談で気を紛らせていたが、その時が近づくにつれて、特定の話題を避ける不自然さが無視できなくなる。

「ほんとに、もうすぐ、宇宙は終わるんですかね」

耐えきれないように口火を切ったのは、芹沢くんだった。場に空白が生まれ、その空白を急いで埋めるように、さらに言葉を連ねる。

「その瞬間って、どうなるんですかね。消滅するときって、わかるんですかね。いきなりプツって終わっちゃうんですかね」

言葉にいびつな笑い声が混じりだす。

「その瞬間が来ても、ぼくたちには感知できないだろうね」

沢野博史が引き取った。僕がここに到着した直後に比べれば、別人のような落ち着きぶりだ。

「痛みも苦しみもない。あるとすれば、その瞬間に向かって凝縮していく恐怖感くらい。だから、本来なら、そんなものは無視して普通に過ごすのが正しい。どちらにせよ、ぼくたちが気づく前にすべてが済むね」

「できないですよ、無視するなんて。ほんとに宇宙が終わるのなら」

芹沢くんが、そういったきり、萎《しぼ》むようにうつむく。

「まだ終わると決まったわけじゃないよ」

やけに軽い声は神谷だった。眼差しにも、これでこそ神谷という光がもどっている。

「健吾たちだけじゃない。この十年間、世界中の人がクラウス問題に取り組んできた。その結果が、もうすぐ出る。じたばたしても仕方がない。静かに待ちましょ」

芹沢くんが、顔を上げて、はい、とうなずく。

午前一時まで、残り十分を切った。

＊

……ああ、やはり、だめか。

この世界は、終わる。

＊

3号セミナー室には、息の詰まるような沈黙が澱《よど》んでいた。

神谷は、左右の指先を山の形を作るように合わせ、目を瞑っている。健吾は、腕組みをしたまま、眠そうな視線を宙へ飛ばしている。沢野博史は、沢野ピストルを立てて口元に当て、うつむいている。小野くんは右手で頬杖を突き、芹沢くんはスマホをいじっている。

午前一時を迎えてから、すでに三十分が経過していた。

僕は腰を上げ、窓際に立つ。

雨は上がっていた。ほんの二時間前まで稲光と雷鳴で荒れ狂っていた夜空も、エネルギーを使い果たしたかのように静まりかえっている。

「結局、なにも起きなかったですね」

芹沢くんが喜びを隠しきれない様子でいった。

「世界は救われたって、お祝いを始めているところもありますよ」

「まだ、わからないよ」

小野くんが頬杖を解いて、

「過去二回の７０１も午前一時きっかりに起こったわけじゃないし、それに今回は十年のブランクがあるんだから、三十分や一時間は誤差の範囲と考えたほうがいいんじゃないかな」

芹沢くんが気分を害された顔で小野くんを見返し、ふたたび無言でスマホに向かう。

「神谷はどう思う」

健吾が腕組みをしたままいった。

「なにか感じるか」

神谷が目を開ける。なにも答えない。と思ったら、急に表情を明るくし、首を横に振る。

「なにも。でも、もしかしたら」

みなの視線が神谷に集中する。

「クラウス問題がクリアされたのかも」

ほかならぬ神谷の口から出たその一言で、張りつめていた空気が緩んだ。

「やっぱり、クラウス・プロジェクトが！」

健吾へ向けた芹沢くんの顔には、はちきれそうな笑みが浮かんでいる。

「あるいは、俺たちの知らないところで、だれかが正解に辿り着いてくれたか」

しかし、そう応える健吾の表情は、まだ硬い。

「クラウス文書の内容が不正確だった可能性もある」

沢野博史が淡々と付け加える。その手に沢野ピストルはない。デスクに肘《ひじ》を突き、両手の指を組み合わせている。

「そもそも最初から、宇宙が消滅するなんて話じゃなかった」

そこでみなの言葉が止まった。まだ確信を持てないでいるのだ。ほんとうに、このまま何事もなく朝が来るのか。宇宙は消滅を免れたのか。

「いや、これはもう、クリア確定でいいんじゃないですか」

芹沢くんが痺れを切らしたようにいった。

僕はもう一度、窓の向こうへ目をやる。

たしかに、いまも宇宙は存在している。しかし――。

「うん、そうだね」

神谷の言葉に、僕は振り向いた。神谷の言葉とは思えなかった。かつて神谷は、クラウス問題の解決は人類には不可能だと主張した。十年間を経てもその考えは変わらなかったとも話していた。たしかにさっきは「終わると決まったわけじゃない」といったが、あくまで芹沢くんの精神状態を慮《おもんぱか》っての言葉だったはず。

視線に気づいたのか、神谷が僕をちらと見てから、芹沢くんに向かって、

「たぶん、人類は、クラウス問題をクリアできたんだと思う」

「やっぱり！」

芹沢くんが両拳《りょうこぶし》を握った。

「ほんとに、そういうことでいいんですか」

小野くんの問いかけにも、

「いいと思うよ」

と答える。

「早計じゃないか」

「なにいってるんですか、春日井さん。神谷さんがいってるんですよ」

芹沢くんが強い調子で反論する。

「神谷、根拠はあるのか」

「勘だよ。これでも〈光の人〉だからね」

神谷が冗談めかして答える。

健吾はそれ以上は問いつめなかったが、納得していないのは明らかだった。

沢野博史も困惑した様子で目元をしかめている。

「ねえ」

神谷が、一片の曇りもない笑顔を、僕に向ける。

「アキラはどう思う」

僕の記憶に残っているのは、ここまでだ。

第四部

第一章　白日夢

1

タン、タン、タン、タタン。

聞こえてきたのは、馴染《なじ》み深い音だった。心地よいリズムを刻んでいたと思ったら、タメをつくるような間が空き、直後に怒濤《どとう》の勢いで畳みかけてくる。一つ一つの音の連なりがうねりを生み、そのうねりに乗って、歯切れのいい声が響く。光に満ちた風景が、遠い記憶の彼方《かなた》に蘇《よみがえ》る。

不意に音が止まった。声も止まった。

なぜ止まったのだろう。

もっと聞いていたいのに。浸っていたいのに。

「アキラ?」

名前を呼ばれた気がした。

「大丈夫か」

意識が焦点を結び、視界が鮮明になる。

心配そうに僕を覗《のぞ》き込んでいるのは、春日井健吾だった。

「ああ……うん」

「ぼうっとして息もしてなそうだったから。じゃあ、続けるぞ」

健吾が白いチョークを手に黒板に向かう。いま彼が書き連ねているのは、どうやら場の量子論に関する数式らしい。なぜいまこんなものを。クラウス・プロジェクトはどうなった。

「神谷たちは？」

健吾が手を止めて振り向く。

おまえはなにをいっているのだ、といわんばかりの表情で。

「さっきから俺《おれ》とおまえの二人だけだが」

僕はあらためて周りを見る。

ほどよくこぢんまりとしたスペース。右側の壁には、いま健吾が使っている黒板。左側の壁には、備え付けの本棚。その手前には、小さな流し台と食器棚。目の前の机の上には、飲みかけのコーヒー。このコーヒーカップは僕のじゃない。健吾が自分用に、僕の居室に勝手に置いているものだ。

居室？

僕は叫びそうになりながら立ち上がり、背後の窓を振り返った。縦長のガラス窓の外に広がっているのは、日射《ひざ》しあふれる世界。どこまでも青い空に、真っ白な雲が浮かんでいる。視線を下に向けると、そこはAMPROの北側駐車場だ。ずらりと並んだ車のフロントガラスやボディが、高く昇った太陽の光を反射して、きらきらと輝いていた。

「夢でも見てたのか」

「夢？」

僕は健吾に顔を向ける。

「夢、だったのか」

椅子《いす》に腰を落とした。

「珍しいな。おまえが居眠りなんて。しかも目を開けたまま」

健吾がため息をついて、チョークをトレイにもどす。

「きょうはもういい。じゃ、またセミナーでな」

「セミナー？」

健吾が苦笑する。

「ほんとにどうした。いつものやつだ。カピッツァ・クラブ」

「ああ……カピッツァ・クラブ。きょうの講師、だれだっけ」

「たしか小野くんだ。院生の」

なるほど。それで少し腑《ふ》に落ちた。これから小野くんのセミナーがあるから、あんな夢を見たのだ。小野くんのセミナーに謎《なぞ》の青年が乱入し、そこからとんでもない展開になった。まあ、夢はだいたい、現実味のない、とんでもない展開になるものだが。

健吾が、それじゃあな、と簡易チェアを持って帰っていった。机の上に置きっぱなしのコーヒーカップを、僕はいつものように流しで洗う。自分のカップくらい自分で洗えよな、と文句をいいながら。

ふと手が止まった。

「夢、だったんだよな、やっぱり」

やけに長く、リアルな夢だった。いや、リアルというのは変か。なにしろ、神が実在して、その神によって宇宙が消滅させられるというのだから。どれほど荒唐無稽《こうとうむけい》でも、夢の中にいる間だけはリアルに感じる。その印象が強く残っているということなのだろう。

ただ、たいていの夢は、目が覚めると、急速に忘却の底へ沈んでいく。掬《すく》い上げようとしても、水を手でつかむようなもので、断片が残ればいいほうだ。ところが、さっきまで僕が見ていた夢は、断片どころか、全体像から細部まで、はっきりと思い出せる。夢というよりは、実感をともなう記憶として定着している。いままでも、そういう夢を見たことがないわけじゃないが、今回はなにか違う。

それに、と僕は部屋を見渡す。

この懐かしさは、なんなのだろう。居室の風景。匂《にお》い。そして、こうしてぶつぶつ文句をいいながら、健吾のコーヒーカップを洗うこと。すべてが懐かしい。胸が苦しくなるほどに。

僕が3号セミナー室に入ったのは、開始時刻の十分前だった。春日井健吾と神谷春海、きょうの発表者である院生の小野くんはすでに来ていた。ほどなく沢野博史やほかの院生たちも到着し、研究とは無関係な世間話を楽しんでいたが、午後五時になって最前列中央の神谷が立ち上がるや、それまで緩い感じだった雰囲気が瞬時に引き締まった。僕の記憶が強く反応したのは、そのときだ。

この一連の場面を、僕はたしかに見たことがある。単なるデジャヴではない。なぜなら、僕は知っているから。この先なにが起こるかを。

まず神谷が、みんな揃《そろ》ったね、と確認する。

「みんな揃ったね」

ここで僕が、

「チェンがまだだけど」

と告げると、チェンなら先週から帰国して欠席の連絡ももらっている、と答える。

「チェンなら欠席の連絡をもらってる。先週から帰国してるみたい」

続いて、きょうの講師を確認する。

「きょうの講師はだれ」

「あ、ぼくです」

手を挙げたのは小野太一くん。

神谷は、久しぶりだね、という。

「小野くんか。久しぶりじゃない？」

小野くんが、忙しかったから、と釈明する。

「すみません。ここんとこ忙しくて」

わかる。僕にはすべてわかる。きょう、この場で起こることが。そしてそれは、さっき僕が夢の中で見た光景だ。ということは……。

「じゃ始めて」

「はい」

小野くんが、事前に準備しておいた資料を手に、緊張した面もちで腰を上げた。がんばれよ、と掛かった声に、気張った笑みで応《こた》え、前方のホワイトボードに向かう。僕の心臓が急速に鼓動を速めた。

始まる。

あれが始まってしまう。

この現実の世界でも。

もうすぐあのドアが開いて彼が——。

「ええと、きょうのテーマは、トポロジカル量子系におけるエンタングルメントで」

僕は思わず声の主を見た。小野くんはすでにホワイトボードの前に立ち、マーカーのキャップに手をかけていた。

ドアはまだ開かない。

違う、と思った。これは違う。小野くんが発表を始める前に彼が入ってくるはず。そして……。

僕は堪《たま》らず席を立ち、ドアを開けてセミナー室を飛び出した。探した。しかし彼の姿はない。どこにもない。ただ虚空のような廊下が延びている。そこでようやく我に返った。

僕は、なにをしているんだ。

なぜ、あの夢が現実になるなどと思い込んだのだ。

冷静に考えれば、あんなことが実際に起きるわけがないのに。

振り返ると、3号セミナー室にいる全員が、唖然《あぜん》と僕を見ていた。小野くんもマーカーの先をホワイトボードに付けたまま固まっている。

「あ……すみません。だれかいるような気がしたもので」

僕は、頭が混乱したまま、とりあえず自分の席にもどる。

「ほんとに大丈夫か」

隣の健吾が小さく声をかけてくる。

「ああ、大丈夫」

答えてから小野くんに向かい、

「小野くん、ごめんね。中断させてしまって」

「いえ。えっと、では、続けます」

小野くんが気を取り直してホワイトボードにマーカーを走らせる。それはＡｄＳ／ＣＦＴ対応の関係式ではなく、チャーン－サイモンズ理論の数式だった。その先の展開にも、とくに変わったところはない。

セミナーの後に健吾が飯に誘ってくれたが、僕は断って一人でＡＭＰＲＯを出た。静かに自分と向き合う時間が必要だった。

夜のキャンパスを自転車で南下しながら、自分の目に映るものを一つ一つ確認していった。国道を跨《また》ぐ陸橋。中心部の建物群。トルネード広場。広いメインストリート。どれも慣れ親しんだ光景のはずなのに、いま自分がここにいることの違和感をどうしても拭《ぬぐ》えない。あの夢を見てからずっとだ。

正門を出て、ゆっくりと自転車を進める。通り沿いには、学生向けの飲食店が建ち並ぶ。お好み焼き専門店〈こらくえ〉の看板が目に入った。夢の中でも、空想を駆使した議論を健吾と楽しんだ店だ。現実の世界で最後にあの店に入ったのはいつだったろう。思い出せない。そんなに前のことではないはずなのに。

いつもなら、考えごとをしながらでもアパートまで帰れるくらいなのだが、どういうわけかきょうは、ときおり自転車を止めて道を確かめなければ不安になった。なんとかアパートまでは無事にたどり着けたものの、自転車を置いたところで足が止まった。自分の部屋がどこか、すぐにわからなかったからだ。一階だと思い出し、ドアの前に立ったところで、こんどは鍵《かぎ》が見当たらない。いつもどうやって持ち歩いていたのだったか。あちこちのポケットなどを探して、バッグの中に革製のキーホルダーを見つけた。しかし、それを手にしたとき、またしても違和感に襲われた。この革製のキーホルダーはまだ新しいようだが、もっと使い込んでいた気がしてならない。どうして、いちいちこんな違和感が付きまとうのだろう。

頭を一振りして部屋に入った。

1Kの我が家。なのに、自分の家に帰ってきた気がしない。部屋を間違えたのかと思って、いったん外へ出たくらいだ。今朝までそこで寝ていたはずのベッドに腰掛けても、なぜか緊張して、くつろげない。うがいや歯磨きで使っているコップ一つとっても、自分のものだという実感が湧《わ》かない。たしかに使い込んではあるが、経年処理を施しただけの新品のように感じてしまう。

一事が万事で、なにもかもがしっくりこなかった。たとえるなら、ジグソーパズルの中に一つだけ紛れ込んだ、形は合っているのに大きさの異なるピースが、いまの自分だ。この世界は、どうやっても僕を受け入れられない。僕もこの世界に溶け込めない。認めたくはないが、こうなっては、最悪の可能性を考えざるを得なかった。

スマホを取り出し、検索アプリを開く。

これは、おそらく、症状だ。

僕は、病気になりかけている。

「統合失調症?」

健吾が眉根《まゆね》を寄せていった。

「あくまで素人判断だから、最終的には専門の医師に診断してもらうしかないけど」

僕の症状をネットで調べたところ、もっとも可能性のありそうなのが、統合失調症だった。ただ、こうして自分の異常を認識できていることから、仮にそうだとしても、完全に発症したというわけでもなさそうだ。そう思いたい。

「クリニックに予約は入れた。その前に、おまえたちには話しておいたほうがいいと思って。僕がとつぜんおかしな言動を始めたときに備えて」

二人に話したいことがある。健吾と神谷にそう伝えたところ、その日の夕方にそろって僕の居室に来てくれたのだった。

「きのうのセミナーでのあれも、それが原因だっていうの？」

僕は神谷に答えて、

「たぶん」

「まあ、たしかにあのときは俺も驚いたが」

健吾が眠そうな目をさらに細めて僕を見つめる。

「なんだ」

「俺も専門家じゃないから、はっきりしたことまではいえないが、いまのおまえを見るかぎり、そういう病気だとは思えない。話し方は理路整然としているし、表情にもおかしなところはない。むしろ、以前よりも冷静で、落ち着きがあるとさえ感じる」

神谷が大きくうなずいて、

「そうね。そっちの違和感のほうが大きいくらい」

意外な反応に、僕は戸惑った。

「いずれにせよ、変調があったのは、あの夢を見てからなんだな」

「夢？」

「ああ、神谷にはまだ話してなかったか」

健吾がきのうの出来事をかいつまんで説明してから、僕に顔を向け、

「どんな夢だったんだ。寝ぼけて神谷の名前を呼ぶなんて」

「ちょっと待て。その表現は誤解を招く」

「え、なにそれ」

「俺たちも登場したらしい、アキラの夢の中に」

「ほんとに荒唐無稽な夢で、聞くだけ時間の無駄だよ」

「わたしたちが登場したとなれば話は別。聞かせて」

「それに、もしかしたら、症状の原因が隠れてるかもしれない」

もちろんこれは、夢の内容を話すことで少しでも僕の気持ちが楽になるようにという、二人の心遣いだ。僕はありがたく厚意に甘えることにした。

「きのうの小野くんのセミナーだけど、僕の夢もあの場面から始まってる。ただし夢の中では、小野くんが発表することはなかった。その前に、見知らぬ青年がノックもなく入ってきて、いきなりホワイトボードに数式を書き始めたから。その冒頭の数式というのがＡｄＳ／ＣＦＴ対応の

関係式で、青年はそこから――」

話しだすと、自動再生されるように次から次へと言葉があふれてきた。その一方で、延々と話し続ける自分を、外から見ているような感覚もある。最初は面白がっていた二人も、アレキサンダー・クラウス博士（機構長の三塚佑先生もそうだが、この人物も実在し、夢の中と同じように多くの人々の尊敬を集めていた）が登場するあたりから妙に真剣な顔で耳を傾けるようになり、最初の７０１の件では完全に話に引き込まれていた。

僕も話しながら、たしかに７０１の奇跡自体は荒唐無稽といえなくもないが、それ以外は思ったほど現実離れしていないことに気づいた。夢でよくある時系列の乱れもなければ、あり得ないような場面転換もない。

そして、僕の話が二回目の７０１に及んだときだった。

「えっ」

いきなり神谷が素《す》っ頓狂《とんきょう》な声を上げた。

「いま〈光の人〉っていった？」

ああ、と僕はうなずいて、

「神谷みたいに光の繭《まゆ》に包まれた人が世界中にいて、そういう人たちは〈光の人〉と呼ばれてた」

「日本にも？」

「少なくとも、神谷のほかにあと一人はいたはず。まあ、しょせんは夢の中の話だから、あまり厳密に取られても困るけど」

「それが、どうかしたのか」

健吾が、身構えた様子で尋ねる。

神谷は答えない。考え込むような顔で黙っていると思ったら、大きく息を吸ってスマホを操作する。

「気味が悪くて速攻でゴミ箱に入れたんだよね。たぶん、まだ残ってると思うけど。あ、あった」

健吾が隣から神谷のスマホを覗《のぞ》く。直後、強《こわ》ばった眼差《まなざ》しを僕に向ける。

「これ、どういうことだろ」

神谷が、スマホの画面を僕に見せた。

その神谷あての短いメールには、こう記されている。

光の人　神谷春海さまへ

わたしのこと、覚えていますか

光の人　リオより

2

狭い部屋だった。換気もじゅうぶんされていないのか、重苦しい空気が淀《よど》んでいる。唯一の窓は閉め切られ、そこから入ってくるのは午後の鈍い光だけだ。

右際の壁に沿って、スチール製の小型ケージが十台、二段に重ねて並べてある。中にいるのは……。

ああ、そうか。

いま、わたしは夢を見ているのか。

莉央は、生まれて半年も経《た》っていないような子猫たちを目にして、そう悟った。これはエルヴィンと最初に出会った場面だ。すべてはこの日、この場所から始まったのだった。

ケージの中にいる子猫たちを、手前から時間をかけて見ていく。エルヴィンと出会う瞬間を、心待ちにしながら。キジトラ、茶トラ、キジ白、黒白、三毛。みんな澄んだ丸い目をこちらに向けて、にゃあ、と鳴く。しかし、最後のケージまで来たところで、足下が崩れるような不安に襲われた。

いない。

ここには、黒単色の子猫が、一匹もいない。

「すみません」

係員を呼んだ。

「お決まりになりましたか」

そういいながら入ってきたのは、四十歳くらいの女性係員。

「黒い子猫はいませんか」

すると申し訳なさそうな顔になり、

「ああ、ホームページの情報が更新されてなかったですかね。きのうまではいたんですけど」

「ということは、もうセンターに……」

莉央が愕然《がくぜん》とすると、

「いいえ、引き取り手が見つかったんです」

と笑顔で答える。

「黒は人気があるので、わりとすぐに新しい飼い主が見つかるんですよ」

猫用のベッドとトイレ。猫砂。キャットタワー。子猫用のキャットフードと食器。２ＤＫのマンションでは、エルヴィンを迎える準備がすっかり整っていた。現実の世界と同じように。なのに、エルヴィンだけがいない。

結局、莉央は、引き取る猫を選べなかった。エルヴィンがいないからといって、ほかの猫を選べるわけがないではないか。たとえ夢の中であっても。夢の中だからこそ。

しかし、これは、ほんとうに、夢なのか。

路線バスに揺られているときにふと生じた疑念が、マンションに帰り着くころには無視できないほど膨らんでいた。

そもそも夢の中で、これは夢だと自覚できるものだろうか。できる人もいるとは思う。高校時代の友人の一人がそういう子で、嫌な夢のときは意識的に目を覚ますと話していた。だが、少なくとも、自分は違う。いままで、夢の中で、夢だと気づいたことはない。

それに、いま自分を取り巻いているこの世界は、夢にしては現実味があり過ぎないか。立体的で、ちゃんと奥行きが感じられる。時間の流れも自然で、意味不明な展開もない。これまで自分が見てきた夢では、降りかかってくる突拍子もない出来事と、それに対する感情の流れを軸に、スピーディに展開していくことが多かった。時間や場所は頻繁に飛び、意識は常に覚醒《かくせい》していた。ぼんやりと物思いに耽《ふけ》るとか、そんな自分を客観的に観察するようなことは、まず、なかった。

では、これが夢ではなく現実だとしたら、いま自分の中にあるエルヴィンの記憶はなんなのだろう。こちらのほうが夢だったのか。しかしそれでは、自分が保健所のあの部屋で立ったまま寝ていたことになる。さすがにそれはない。夢ではないことを示す証拠がなにか——。

莉央はスマホに手を伸ばし、その言葉を検索した。

センキア会。

「……あった」

会長は池沢美鶴。ホームページで画像を確認すると、間違いなく自分の知っている池沢美鶴だ。

701がなければ自分がこの教団に関《かか》わることはなかった。センキア会という名前くらいはどこかで目にしたかもしれないが、会長が池沢美鶴という女性だとまでは、調べないかぎりは知りようがなかったはず。センキア会が実在し、自分がそのセンキア会と池沢美鶴会長を知っているということは、とりもなおさず、７０１が実際に起こったということだ。つまり、エルヴィンの記憶は夢ではない。あれも現実なのだ。

莉央は頭を抱えたくなる。

なにがどうなっているのか、理解が追いつかない。

二つの世界が存在して、どちらにもセンキア会はある。でもエルヴィンは向こうにしかいない。自分は向こうの世界で、エルヴィンと過ごす十一年間を経験してから、その記憶を保ったまま、エルヴィンのいないこちらの世界に来た。そういうことなのか。

……ああ、やはり、だめか。

この世界は、終わる。

そのとき莉央は思い出したのだった。

エルヴィンのいる世界が、すでに終焉《しゅうえん》を迎えたことを。

だから、自分は、こちらに来たのか。あちらの記憶を残したまま。しかし、仮にそうだとしても、自分だけ、ということはないはずだ。もしかしたら……。

莉央は、一筋の光明にすがる思いで、センキア会本部の電話番号にかけた。

女性の柔らかな声が、センキア会です、と応える。

「リオといいます」

反応を注意深く探る。

『リオさんですね。入会をご希望ですか』

口調に変化はない。

「そちらに、ナツキさんという方がいらっしゃいますよね。いつも池沢会長といっしょにいる」

『ナツキに、どのようなご用件でしょうか』

声に警戒感が滲《にじ》む。

「ナツキさんに取り次いでください」

『失礼ですが』

「リオという名前だけでも伝えてください。ナツキさんなら、それでわかるはずです。どうか、お願いします」

数秒の間が空いてから、

『しばらくお待ちください』

と声がして、保留音が流れだした。

やはりナツキも実在する。もう間違いない。701は実際に起こったのだ。でなければ、ホームページにさえ掲載されていないナツキのことを、自分が知っている説明がつかない。そしてナツキなら、向こうの記憶を残しているのではないか。そうであってほしい。自分のことを覚えていてほしい。それは予想というより、切なる願いだった。

保留音が途切れる。

『ナツキからの返事をお伝えします』

「……はい」

『リオさんには、ぜひ新入会員研修にご参加していただきたく思います、お待ちしております、とのことです』

「わたしのことを、覚えていないと?」

『申し訳ないのですが』

「だったら、池沢会長に聞いてみてください。わたしは会長とは――」

『会長も存じ上げないそうです』

「……そうですか。わかりました」

通話を切った。

そうか。ナツキはもう、わたしのことを覚えていないのか。いや、彼女にしてみれば、わたしとはまだ出会ってもいないのだ。

莉央は、思っていた以上に心にダメージを受けている自分に気づく。

やはり、わたしだけなのか。向こうの世界の記憶を残しているのは。でも、なぜ、わたしだけが……。

「光の人だから」

考えられるとすれば、それしかない。

ならば。

心を奮い立たせてスマホを握り、こんどはＡＭＰＲＯを検索した。

これも実在した。

ホームページに飛ぶ。メニューから構成員の項目を呼び出す。

一覧表の中に、神谷春海の名前を見つけた。タップすると、紹介ページが開く。

そこに掲載されている顔写真は、たしかにあの神谷春海だった。センキア会の本部でいちど会ったきりだが、強い光を湛《たた》えた瞳《ひとみ》は忘れようがない。

役職は、特任研究員。

研究分野は、理論物理学。

その下に、自己紹介文。

そして最後に、ＡＭＰＲＯで使っているメールアドレス。

第二章　邂逅

　竜巻の形を模したオブジェの先端に備え付けられた時計は、あと五分で午後二時を指す。時計塔の周囲には慎ましい人工池が設《しつら》えられており、三時間ごとに噴水が上がるようになっているが、いまは沈黙している。その人工池の外側に広がるのが、花崗岩《かこうがん》のブロックが敷き詰められた、直径五十メートル近くある円形広場だ。周縁部は三段の階段状になっており、学生たちが昼休みや講義の合間に休憩するときによくベンチ代わりにしている。いま僕が座っているのもここだ。南北の二カ所にはスロープも設置されており、自転車や車椅子《くるまいす》での乗り入れも可能になっていた。

　そんな天山大学キャンパスの象徴的場所も、土曜日の午後は人影もまばらだった。それでも、きょうはほどよい風が吹き、日射《ひざ》しも柔らかく、午後を過ごすには悪くない場所だ。

　広場を取り囲んでいるのは、研究棟や教室棟などの建物群。ちょうど僕の正面に聳《そび》えているのが大学図書館で、土曜日も九時から二十時まで開館しており、いまも調べ物に勤《いそ》しむ学生や院生らしき姿が窓越しに見える。その一人が大きく伸びをしたとき、僕のスマホに電話が着信した。

「平城です」

『いま広場に着きました』

　僕はスマホを耳に当てたまま立ち上がる。

　図書館と研究棟の間。南正門方面へ向かう歩道上に、同じくスマホを耳に当てた女性が立っていた。

僕は頭を下げる。

女性も会釈を返す。そしてスマホを肩から提げた小さなバッグにもどし、こちらに向かって一歩踏みだした瞬間、泣きたくなるような安心感が僕の中で生まれた。彼女の実在を、心のどこかで疑っていたのだ。

その細身を包むのは、肩のあたりがふわりと膨らんだ、アイボリーのブラウス。モスグリーンに、おそらく花柄をあしらってあるであろうロングスカートが、足を踏みだすたびに波打つように揺れる。僕の脳は、心臓を大きく鼓動させる一方で、彼女の存在に気を取られるあまり、手足に新たな指令を送ることをうっかり忘れたようだ。彼女が目の前に来るまで、僕はその場から一歩も動けないでいた。

「はじめまして。リオです。きょうは、お時間をいただき、ありがとうございます」

「平城です。こちらこそ、遠いところを」

目元の涼やかな女性だった。ベージュブラウンに染められた、すっきりと丸みのあるショートヘアがよく似合っている。

「ほんとに、ここでよろしいんですか」

僕が確認すると、

「はい」

と微笑《ほほえ》んだ。

僕たちは、トルネード広場の階段に、並んで腰を下ろす。リオさんが、スカートを押さえるように両手をお尻から太股《ふともも》へ滑らせ、白いバッグといっしょに膝《ひざ》の上で重ねる。オブジェの時計の針が、午後二時ちょうどを指した。

「あの日、リオさんも、ここにいらっしゃったのですね」

「この時計塔も覚えています。わたしがここを通ったのは真夜中でしたけど」

「僕は、神谷の部屋でライブ配信を見ていました。あ、春日井健吾という友人と三人で、ですが」

僕はいまでも、その光景をはっきりと思い出すことができる。強力な照明装置に照らされて昼間のように明るい沿道。そこを埋め尽くす大群衆。とつぜん始まった暴力の連鎖と混乱。天山大学のキャンパスに照明が点《とも》った瞬間。整然とキャンパスを北上する巡礼者たちが、このトルネード広場や国道を跨《また》ぐ橋を越え、ついにＡＭＰＲＯを取り囲むまでの、厳粛ともいえる時の流れ。あの数万人の中の一人が、リオさんだったのだ。そして神谷春海と同じく、光の繭《まゆ》に包まれた。

「ほんとに、あったことなんですね」

リオさんが目を細めて空を見上げる。

「はい」

もう僕は確信を持って答えられる。

「ほんとに、あったことです」

リオさんから神谷に届いたメールを読んだ当初は、いたずらではないかと考えた。ＡＭＰＲＯ

はホームページに所属研究員のメールアドレスを載せているので、いわゆる迷惑メールがフィルターをすり抜けて届くこともある。これもその一つだと思ったのだ。〈光の人〉という言葉にしても、そこまで特殊な単語の組み合わせではないし、リオという名前にも見覚えがなかった。とはいえ、神谷のほかに日本に出現したもう一人の〈光の人〉については、僕も熱心に調べたわけではないので、名前を知らなくても不思議ではない。また、神谷は世界中の〈光の人〉と交流しており、日本国内の〈光の人〉にも会っていた可能性は高いが、僕が神谷と連絡を取り合っていたときに送られてきたテキストには、おそらくプライバシーに配慮してのことだろうが、個人名までは書かれていなかったのだ。

いずれにしても、このまま放置するという選択肢《せんたくし》はなかった。

僕は神谷に頼んで、まず神谷からリオさんに返信し、その中で、神谷本人はリオさんのことを覚えていないこと、しかし同僚の一人が〈光の人〉の登場する不思議な夢を見たことを伝えた上で、その同僚がリオさんと直接やりとりしたがっているのでアドレスを教えていいか尋ねてもらった。

リオさんの反応は早く、「ぜひその方の話を聞きたい」とあった。

僕は、リオさんへの最初のメールで、自己紹介のあとに自分の見た夢の内容の一部を伝え、その中に「クラウス実験」という単語を説明抜きで入れた。もしリオさんが僕と同じ夢を見たのなら、この言葉がなにを意味するか知っているはず。と同時に、僕のいうことが虚偽でないこともわかってもらえる。逆に単なるいたずら目的か、僕の見た夢とは無関係なら、ぜんぜん的外れの反応が返ってくる。つまり、僕はリオさんを試したのだ。

リオさんも、僕の意図を察したのだろう。クラウス実験の結果、世界中の空が白くなり、以後、701という呼び名（僕はクラウス実験の日付もあえてぼかしていた）が定着したことを、はっきりと書いてきた。さらに、二回目の701のあと、神谷がリオさんに面会を求めてきて、センキア会という新興宗教団体の本部で初めて会ったこと、神谷も光の繭に包まれたが、目撃したのが二人の友人だけだったのでほかに知られずに済んだと話していたこと、神谷とはその後もテキストを中心に付き合いが続き、最後の日はAMPROでセミナーに参加するつもりだと告げてきたことまで、具体的に語られていた。

こうなっては認めざるを得なかった。信じがたいことだが、僕とリオさんは、まったく同じ夢を見たのだ（この時点でも、僕はまだあれが夢だと思い込んでいた）。

僕は、試すようなことをした非礼を詫《わ》び、あの夢で自分の体験したことをあらためて綴《つづ》った。リオさんも、自分の十一年分の出来事を詳細に教えてくれた。なんどもやりとりしているうちに、僕の中で、これは夢などではなく、実際に起こったことではないのか、という感触が強まってきた。じつは、リオさんは最初からそう思っていたらしいのだが、さすがに言い出しにくかったようだ。しかし、夢の中で関《かか》わったセンキア会が実在することはすでに確認済みで、もし実際に起こっていないとすると、リオさんがセンキア会とその関係者を知っていることが説明できないという。

リオさんから、直《じか》に会って話せないか、と提案があった。僕も、そうすべき時が来た、と感じていた。場所は、リオさんの希望で天山大学キャンパスのトルネード広場に決まり、きょうという日を迎えたのだった。

「あれは夢ではなく、実際に起こった。とすれば、次の問題は、なにが起こったのか、です」

「わたしも理解しようとは努めたのですが、頭がこんがらがるばかりで。平城さんは、どうお考えですか」

「こういう得体の知れない事態に直面したときは、とりあえず最もシンプルな説明を試みるというのが、一つの方法です。シンプルな説明が必ずしも正解に近いわけではありませんが、後から修正を加えやすいというメリットがあります」

リオさんが、真剣な眼差《まなざ》しでうなずく。

「たとえば、ある世界が終わって、別の世界に移った、あるいは新しい世界が始まったと考えるには、最低でも二つの世界を想定しなくてはなりません。しかし、クラウス文書によれば、この世界は〈神〉によって作られた時空モデルであり、複数存在すると考える根拠はありません。複数の世界を想定することは、説明を複雑にするだけです」

「701で消滅した世界と、いまわたしたちがいる世界は、同一のものだと」

「少なくとも、そう考えることが可能であり、そう考えるほうがシンプルである以上、同一の世界である、と考えましょう。とりあえずは。事実に合わなくなったら、そのときに修正すればいいですから」

「はい」

「では、701で消滅した世界と、いま僕たちのいる世界では、なにが違うのか。最大の違いは、時間がもどっていることです。701が始まる前まで。もちろん〈神〉が意図的にそうしたのでしょう。彼らに時間の操作が可能であることは、二回目の701で実証済みです」

「覚えています。映像が時間ごと消えたのでしたね」

「もう一つの大きな違いは、時間が巻きもどったにもかかわらず、701に繫《つな》がるはずの事象が、なにも起きていないことです。AMPROにも神の使いは降臨しなかった」

「エルヴィンもわたしの前に現れませんでした」

「つまり、時間が巻きもどされたこの世界は、701抜きでやり直そうとしている」

「701がなかったことになる、ということでしょうか」

僕は大きくうなずいて、

「だから、おそらくこの世界は、十一年後に消滅することにはなりません。しかし人類は、701によって、神の実在を知りました。701抜きでやり直されるこの世界では、人類はそれを知らないまま生きることになります」

「でも、わたしたちは知っている」

「はい。なぜか、僕とリオさんには、時間が巻きもどされる前の記憶があります。僕たち以外にもそういう人は世界中にいるはずですが、大半の人は事実だと信じられず、夢でも見たと思い込むか、自分の正気を疑うでしょう。僕がそうであったように」

「なぜ、わたしたち一部の人間にだけ、記憶が残っているのでしょうか。すべてが神の意思によるものならば、そこには当然、目的があるはずです」

「ここから先は、僕の勝手な推測になりますが」

僕はそう断ってから続ける。

「十次元時空という、想像すらできない世界に住む彼らを理解することは、ほとんど不可能だと思います。あまりにも住む世界が違うからです。しかし、彼らが人類とのコミュニケーションをはかっているというクラウス博士の説も、僕は案外、的を射ているのではないかと考えています。彼らは人類という存在に興味を抱き、その成長に期待している。そうしてときどき、701のようなことをして、成長ぶりを試している。時間をもどして701をなかったことにするのは、〈神〉の実在を知ることが人類の成長の妨げになるからだと考えられます。事実、701以降、物理学の発展は大きく減速しました。宇宙のからくりが明かされたことで、研究者たちのモチベーションが下がってしまったのです。けっきょく人類は、今回も不合格だった。彼らと通信するには、まだまだ未熟だということなのでしょう」

「701は神によるテストで、しかも、これが初めてではないと」

「これまでにも似たような出来事が何回もあった、と考えても矛盾はありません。しかし、ほとんどの人はその記憶を失い、わずかな人だけが記憶を残せた。そのわずかな人だけが神の実在を知っていたことになりますが、そんな人たちの言動が周囲からどう見られたのか、想像も容易です」

リオさんが短く息を吸った。

「そういう人から始まった宗教もあったかもしれませんね」

「僕は、アレキサンダー・クラウス博士が、前回の記憶を残していた一人ではないかと考えています。だから〈神〉からのサインをいち早く捉《とら》え、クラウス実験を提案することができた。そうでもなければ、あのような大胆な実験をやれるものではありません。しかし、クラウス実験があったからこそ、人類が〈神〉の実在に気づけたのも事実です。またクラウス博士は、〈神〉との窓口にもなり、クラウス文書を通して〈神〉の意思を人類に伝えました。今回の記憶を残している僕たちも、次回のテストのときに、クラウス博士のような、〈神〉と人類を繋ぐメディエーターの役割を期待されているのかもしれません」

リオさんが感嘆するように息を吐き、

「平城さんの説明で、すごく腑《ふ》に落ちました」

僕は少しあわてて、

「あまり真に受けすぎないでくださいね。ほんとうに、単なる仮説ですから。事実は、まったく違うかもしれません」

「あ、はい」

そういって笑顔を見せるリオさんに、僕もつい笑みを漏らす。

「そうだ。リオさんにお会いしたら聞こうと思っていたことがあります」

「なんでしょうか」

「前の世界が終わる瞬間を、事前に察知することができましたか。僕にはできなかったのですが」

リオさんが、つと目を伏せて、

「そうですね。なんとなく、わかりました」

「〈光の人〉だから？」

「そういうことなんだと思います」

「そうですか」

やはり、わかっていたのか。

701の世界で最後に見た、神谷の笑顔が脳裏に浮かぶ。

僕は大きく息を吸って立ち上がった。

そろそろ時間だ。

「では、AMPROへご案内します。神谷が待ちかねているでしょう」

リオさんもスカートを直しながら立ち上がる。

「どきどきしてきました」

*

特別な旅になることはわかっていた。

なんといっても、701の記憶を共有する、いまのところ唯一の人との対面だ。平城アキラからのメールに「クラウス実験」という言葉を見つけたときは、声を上げて泣いた。自分一人ではない。そのことが、どれほど心強く、安心感を与えてくれたことか。

実際に会った彼の印象は、話が明晰《めいせき》でとてもわかりやすい、というものだった。内容が驚くほどすんなりと頭に入ってきて、彼の口から初めて聞くことでも、以前から知っているような気にさせられる。口振りも年齢の割には落ち着いている、と感じたが、これは自分と同じように十一年分の経験が上乗せされているのだから当然かもしれない。

ともあれ、701について気兼ねなく話したり相談したりできる相手を得られたことは、いまの莉央にとってなによりの喜びだった。

特別な旅であるもう一つの理由は、目的地が、かつてナツキと訪れ、ナツキとの絆《きずな》を深めた場所であることだ。こちらの世界のナツキが自分のことを覚えていないという事実を、莉央はまだ呑《の》み下せないでいた。十年間にわたり支えてくれたパートナーだけでなく、お気に入りのミュージシャンのライブに連れ立って参戦するような親しい友を失ったのだから。二人の関係の出発点ともいえる地、天山大学のキャンパスにもう一度立つことで、自分の気持ちに区切りを付けられるのでは、という思いが莉央にはあった。

天山大学のキャンパスを歩くのは、莉央が〈光の人〉になった701以来だが、あのときとは印象がずいぶんと違う。もちろん真夜中と昼間の違いはあるが、それ以上に、自分の心境の変化も大きいのだろう。

明るい光に満ちたキャンパスは、どこも広々としていて気持ちがいい。さっきまでいた時計塔のある広場も、あれほど広くてきれいなところだとは思わなかった。図書館や校舎の外観は、落ち着いた中にも精悍《せいかん》さを秘め、いかにも学問の府といった雰囲気を漂わせている。そんな建物に囲まれて歩くうちに、学生にもどったような気分になり、ふとした拍子に鼻歌さえ出そうになる。

「こんなに美しい場所だったのですね」

莉央が思わず漏らした言葉にも、

「そうですね。いいところだと思います」

平城アキラの素直な声が返ってくる。そんな他愛ないやりとりも心地いい。

国道を跨ぐ橋は思っていたより高く、眼下の片側二車線の道路を絶えず車両が行き交っていた。橋を渡ったところにあるなだらかな緑地では、はるか頭上から鳥のさえずりが聞こえてくるが、飛翔《ひしょう》する姿を探しても空に溶け込んで見えない。あきらめて視線を下ろした先に現れたのが、AMPROの白い研究棟だった。

「どうしました」

平城アキラにいわれて、莉央は自分が立ち止まっていることに気づく。

「すみません。やっぱり、あの日のことを思い出してしまったようで」

「ご気分が悪いようなら」

「いえ、そういうのではないんです」

莉央は努めて明るくいって、先に歩きだす。

「ここでは、いろいろありましたから」

「そうですね。たしかに、いろいろなことがありました」

平城アキラの声が追いついてきた。

ＡＭＰＲＯの研究棟の前まで来ても、当然ながら、あの日の特殊な磁場は感じない。ここは宇宙の根源を探る人々が集う場所であり、それ以上でもそれ以下でもない。これが７０１のない世界なのだ。

ゲスト用のＩＤでゲートを通過すると、建物の中は７０１とは別の磁場に満ちていた。真理を追究する情熱が醸《かも》し出す、思わず背筋の伸びる磁場だ。ほどよい緊張を感じながら、平城アキラの案内で廊下を進み、ラウンジのような場所に出た。

「僕たちはピアッツァと呼んでます。イタリア語で広場という意味だそうです」

開放感のある高い天井から、円筒形の照明器具がいくつも下がり、柔らかな光で全体を包み込んでいた。円形や正方形のテーブルが幾何学模様を描くように配置され、それぞれに椅子が四脚ずつ用意してある。いまもいくつかのテーブルで研究員らしき人たちが集まり、手振りを交えて早口で議論をしている。聞こえてくるのはほとんど英語だ。

奥まったところの丸テーブルに見覚えのある顔を見つけ、莉央はあやうく駆け寄りそうになる。

神谷春海。

特別な旅である最後の理由が、彼女との再会だった。もっとも、ここにいる神谷春海は莉央とは初対面なのだから、再会という言い方はおかしいかもしれないが。

当初、神谷春海に会うつもりはなかった。もちろん莉央は会いたかった。莉央にとっては、生き方を変えるきっかけとなり、その後も十年間にわたって連絡を取り合った大切な友人だ。ともに〈光の人〉という重荷を背負って戦いつづけた戦友でもある。しかし、いまの神谷春海は莉央のことを覚えていない。彼女にしてみれば、莉央はまったくの他人だ。そもそも二人は、住む世界からして違う。共通の趣味を持つ同好の士でもない。〈光の人〉にならなければ、おそらく一生、交わることはなかった。そんな人間から会いたいといわれても、迷惑なだけだろうと思ったのだ。

莉央たちに気づいたらしい。神谷春海が笑みを輝かせて立ち上がる。

その瞬間、莉央の目から涙があふれそうになった。十年前に初めて会ったときの彼女、そのものだったからだ。茶色がかった虹彩《こうさい》に、大きな瞳《ひとみ》を持つ、真ん丸な黒目。かつてその目に捉えられたときは、本能的に危険なものすら感じたのに、いまは懐かしくて堪《たま》らない。

「あらためて紹介、というのも妙な感じかもしれませんが」

平城アキラがそう前置きしてから、

「僕と同じくＡＭＰＲＯの特任研究員、神谷春海です。専門も僕と同じく理論物理学です。神谷、こちらがリオさん」

「神谷です。お会いしたいと思っていました」

初めて会ったときにも同じ言葉を聞いた。〈光の人〉であろうとなかろうと、神谷春海は神谷春海。わたしたちは、７０１のない世界で、出会いをやり直そうとしている。

「リオです」

莉央は感極まり、そう返すのがやっとだった。

神谷春海が、一瞬、笑みを消してから、

「ねえ」

と平城アキラへ顔を向ける。

「ここから先のリオさんのアテンド、わたしに任せてくれる？」

「僕は構わないけど」

「ぜひお願いします」

莉央はいった。

「では、行きましょうか」

「え、いま歩いてきたばかりだから、少し休んだほうが」

「わたしならぜんぜん平気です」

「行こ。リオさん」

＊

二人が手を取り合うようにしてピアッツァを出て行くのを見送ってから、僕は椅子に腰を下ろした。予定では、ここで一休みしてから施設内を見て回ることになっていたのだが。

「振られたな」

春日井健吾が隣に座る。いままで少し離れたテーブルにいたのだ。

「だから、誤解を招く表現はやめろって」

「彼女が、おまえと同じ世界を見てきた〈光の人〉か。ほんとにいたんだ」

「信じる気になったか」

「ぜんぶおまえの仕込みという可能性もある」

「そんな暇も人脈もない」

「わかってる。それに、おまえにはこういう芝居も演出も無理だ」

「そうでもないが」

「どっちだよ」

健吾が笑ってから、二人が去っていったほうへ目を向けて、

「神谷は、どうするんだろうな」

*

「大がかりな実験装置とか、そんなに見応《みごた》えのあるものはないんですけどね」

神谷春海がまず案内してくれたのは、屋上だった。エレベーターで最上階まで上り、ドアを開けて外に出ると、眩《まぶ》しい光とさわやかな風が身を洗う。屋上はかなり広く、ベンチや東屋《あずまや》だけでなく、バスケットボールのゴールまであった。その気になればテニスだってできそうだ。

南に面したフェンスの前に立つと、天山大学のキャンパスが遠くまで一望できる。さっきまでいた円形広場の時計塔が、地面に生えた小さな棘《とげ》のようだった。

「アキラの話だと、その日、わたしもここに立って、クラウス実験というのに参加したらしいです。７０１、でしたっけ」

莉央はうなずいて、

「空が真っ白になりました」

「リオさんはどこで?」

「自分の部屋のベランダです」

「どうでした。奇跡を目の当たりにした瞬間は」

「びっくりしすぎて過呼吸になりました」

「わたしは腰を抜かしたって。ほんとかなあ」

神谷春海がそういって笑う。

続いて、厳粛な雰囲気の漂う図書室、階段状の大講義室と回り、

「あとは研究員の居室とセミナー室ばかりですけど」

といいながら、ある部屋の前で足を止めた。

ドアに掲げられたプレートには「3号セミナー室」とある。

「わたしとアキラ、それともう一人、春日井健吾という、彼は数学者なんですけど、三人で始めた自主セミナーを、毎週ここで開いてます」

「……ということは、ここに」

「アキラによれば、そのセミナーの最中に〈神の使い〉とやらが現れたらしいですね」

ドアを開けて中に入る。二十人分の机と椅子が整然と並んでいた。

「それで」

神谷春海が、壁に設置された大きなホワイトボードに向かい、トレイから黒のマーカーを手にとる。

「無言で入ってきたと思ったら、こうして断りもなく」

キャップを外し、ボードの上にマーカーを走らせる。見たこともないような記号や文字が、ものすごい勢いで刻まれていく。数行を書いたところで、手が止まった。

「ここから先の展開は、アキラも覚えていないそうです。覚えきれるような量じゃなかったって。このホワイトボード、二十三枚分だから」

マーカーにキャップをはめてトレイにもどす。その目はまだ、自分が書いたばかりの数式を見つめている。

「神の使いでも天使でも、なんでもいいけど、見てみたかったな。どんな奴《やつ》か」

「若い男の子だったと聞きました」

「うん。けっこうかわいい子だったらしいです。だからよけいに、ね」

そういって振り向いた神谷春海と、莉央は共感の笑みを交わした。

「座りましょうか」

神谷春海が近くの椅子を引いて腰を下ろす。

莉央も隣の席に座った。

「701を巡る出来事は、一通りアキラから聞きました。でも……」

神谷春海が、細めた目をホワイトボードへ向ける。なかなか次の言葉が出てこない。ふいに訪れた長い沈黙に、ここまで彼女がほとんどしゃべりっぱなしだったと気づかされる。

「……正直、まだ信じ切れてはいないんです」

「当然です。わたしだって、じつはこれもぜんぶ夢なんじゃないかと、いまでも思うことがあります」

神谷春海が、表情を和らげて、莉央を見る。

「アキラとリオさんが最初から示し合わせてお芝居をしている、と考えられたら、どれほど楽か」

莉央も微笑で応える。

「でもアキラは、こんな嘘《うそ》は吐《つ》かない」

「はい」

「それに、下のピアッツァで会ったとき、リオさん、わたしを見て涙ぐんでましたよね。この人はほんとうにわたしを知っているんだと思いました」

莉央は、気恥ずかしさに目を伏せ、

「前の世界で神谷さんと実際にお会いしたのは一度きりですが、その後も十年間、お付き合いさせていただきました。わたしにとっては、〈光の人〉だからこその悩みを打ち明けられる、唯一の友人でした。わたしは親友と思っていました。その親友との、十年ぶりの再会ですから。いまも胸がいっぱいで」

「わたしの知らないわたしがリオさんと親友で、そのリオさんが目の前にいる。リオさんはわたしを親友だと思ってくれているのに、わたしはリオさんを知らない。わたしの顔写真はＡＭＰＲＯのホームページに載ってるから、あえて意地悪い見方をすれば、一方的に友達と思い込むケースも考えられないわけじゃない。でも、こうしてお話させてもらっても、リオさんがそんな人とは思えない」

小さく息を吸って、

「それでも、信じるには勇気がいるんです。信じざるを得ないことはわかっていますが、それをどう受け入れるかが問題なんです。これまで人類が発展させてきた物理学を、ひっくり返すことになるわけですから。かといって拒絶すれば、この宇宙の根源に関わる問題から目を逸《そ》らすことになる。知らないふりして、これまでどおりに物理学を続けるなんて、わたしにはできません」

ため息を漏らして、視線を遠くへ飛ばす。

「向こうの世界の神谷春海は、どうやって折り合いを付けたんでしょうね」

「……前の世界では、神谷さんとは頻繁にテキストのやりとりをしていました。ほぼ十年間、ずっとです。ときには、互いの悩みや愚痴みたいなものを吐き出すこともありました。だから、当時の神谷さんの心境も、わたしにもある程度はわかるのではないかと思います」

神谷春海が、彼女らしからぬ気弱げな笑みを浮かべ、

「後悔してませんでしたか。物理学を捨てたことを」

「後悔はしていなかったと思います。少なくともテキストの行間からは、そのような心境は読み取れませんでした」

これは確信を持っていえる。彼女は、愚痴をこぼすことはあっても、いったん下した決断を後悔することはない。変えることのできない過去を振り返って思い悩む暇があったら、現在の行動を修正していく。そういうタイプだ。

「ただ、〈光の人〉に選ばれなくても彼女が同じ選択をしたかどうかは、わたしにはなんともいえません」

「そうですよね」

神谷春海が考え込むようにうつむく。

ふたたび言葉が途切れ、空白が生まれる。

〈光の人〉であるとはどういうことなのか。〈光の人〉としてどう行動すべきなのか。向こうで神谷春海が莉央に面会を求めてきたそもそもの理由は、これらの問いへのヒントを得るためだった。彼女の選択は、その結果と捉えることもできる。しかし、いま目の前にいる神谷春海は〈光の人〉ではない。701を体験してもいない。両者を取り巻く状況は大きく異なり、参考にできる部分は限られる。

沈黙は続く。それでも莉央は言葉を継がなかった。神谷春海がもう少しで結論に届こうとして

いるのがわかったからだ。その瞬間を、ただ見守りながら待つ。

「あ」

幽《かす》かな声とともに、神谷春海の瞳に光が点った。

「なぜこんな簡単なことに気づかなかったんだろう」

莉央の存在を忘れたかのようにつぶやく。そんな無防備な彼女を見ているうちに、莉央は不思議な感覚に包まれた。親友だった神谷春海と、ほんとうに再会しているような気分になってきたのだ。

「折り合い、付けられそうですか」

莉央がいうと、とたんに表情をゆるめ、

「どうやらわたしは、複雑に考えすぎていたみたいですね。答えは最初から目の前にあったのに」

口調からも余計な力が抜けている。

「というと？」

「物理学を捨てるという選択肢は、すでにもう一人のわたしが試した。だったら、もう一人のわたしが試さなかったほうを選べばいい。せっかくリセットされたのに、同じことをしても仕方がない。というか、それじゃあデータになりませんから」

「ああ、なるほど」

そういう考え方もできるのかと感心した。

「では、これからも物理学と」

神谷春海が、はい、とうなずいて、

「こうなったら、とことん付き合ってやりますよ」

くされ縁の恋人でも見るような眼差しを、ホワイトボードに刻まれた数式へと向ける。

莉央も、なんとなく嬉《うれ》しくなり、彼女の視線を追う。

701はここから始まった。莉央はここで〈光の人〉になった。そして、701をリセットされた世界で、自分はその場所を訪れ、神谷春海と再会し、いま、同じものを見つめている。時空を超えて絡み合っていた線が閉じ、一つのきれいな環《わ》をつくった。そんな気がした。

「ねえ、リオさん」

「はい」

二人は、同じ方向に顔を向けたまま、寄り添うように言葉を交わす。

「神様に選ばれるって、どんな気分でした」

「いい気分でしたよ」

「やっぱり」

ささやかな笑いが重なり合う。

「でも、それ以上に怖かったですけどね。理解できないことが自分の身に起きた上に、世界が終わるというメッセージまで託されてしまったわけですから」

「何万人もの宗教関係者が、神託を求めて日本中からここに集結して、たいへんな騒ぎになった。

リオさんもその場にいらしたんですね」

「センキア会という宗教団体の代表として。わたし自身は信者ではありませんでしたが、なんというか、成り行きで。だから、まさか自分があんなことになるとは」

「その後、宗教団体の会長に就任された」

「いったんはお断りしました。わたしに会長なんて勤まるわけがないし、なりたいとも思いませんでしたから。そんなときに訪ねてきてくださったのが、神谷さんです」

「どんな感じでした。もう一人の神谷春海は」

「やはり〈光の人〉になったことで戸惑われている様子でした。それで、同じ〈光の人〉であるわたしに会いたかったと」

「よっぽどだったのね。だれかに頼るなんて」

自分自身に話しかけるような響きに、思わず彼女の横顔を窺《うかが》った。

ああ、これだったのか。平城アキラが語る神谷春海の人物像に感じた、微妙なずれの原因は。

彼女は、職場の同僚にはけっして見せない弱みを、わたしには隠さなかったのだ。

「わたしは、神谷さんと向き合っているうちに、自分を縛っていた思い込みに気づくことができました。センキア会の会長になることを真剣に考えるようになったのは、それからです」

「お役に立てた、といっていいのかな」

「はい」

「よかった」

莉央を見て微笑んでから、

「でも、ちょっと悔しいなあ。わたしにも記憶が残っていれば……」

莉央も同じことを思う。いま目の前にいる彼女に、あの十一年間の記憶があれば、と。

わたしたちは、涙を流しながら再会を喜び合うこともできたのに。

十一年間のさまざまな出来事を、笑いながら語り合うこともできたのに。

＊

神谷春海に701の記憶が残っていたら、聞きたかったことがある。最後に見せてくれた、あの透き通った笑顔の意味だ。リオさんがそうだったように、おそらく神谷も、終焉《しゅうえん》が来たことを悟ったのだろう。「クラウス問題がクリアされた」と明言したのも、僕たちの不安を紛らせるためだった。

だとしても、宇宙が消えるという瞬間に、あんな笑顔ができるものだろうか。もしかしたら、あのときの神谷には、こうなることがわかっていたのではないか。僕だけが記憶を失わないことを知っていたのではないか。僕になにかを託そうとしたのでは……。

考えすぎかもしれない。たぶん、そうだろう。

いずれにせよ、彼女の答えを聞くことは、永遠にできない。あの笑顔を見せてくれた神谷は、もういないのだから。彼女の生きた時間そのものが、存在しないのだから。

もできない。

「幻なんかじゃないさ。俺《おれ》も、おまえも、この宇宙も」とウインクしそうな顔でいってくれた春日井健吾も、701の世界とともに消えてしまった。僕は今回の現象を〈神〉によるテストではないかと考えているが、クラウス・プロジェクトに参加して十次元時空へ挑んだ健吾ならば、別の見方をするだろう。しかし、それを聞くことは叶《かな》わない。互いの説を巡って議論を戦わすことができない。

もちろん二人は死んだわけではない。いまも健吾は目の前にいるし、神谷はリオさんとAMPROツアーの真っ最中だ。僕は彼らを失ってはいない。それでも、彼らと生きた十一年間が、新たな時間によって上書きされていくにつれて、僕の中の喪失感は大きくなっている。記憶が残ったことで、失ったものがある。その空虚を埋めるなにかが、僕には必要なのかもしれない。

「考えれば考えるほど妙な気分だ」

健吾の声に、僕は物思いから覚めた。

「もう一つの世界を生きた、もう一人の自分がいるというのは」

健吾は、腕組みをして、背もたれに身体《からだ》を預けている。

「別人ではなく、たぶん同一人物だよ。ただ記憶が残っていないだけで」

「だが、時間ももどってるんだろう。しかも同じ時間を辿《たど》り直すわけじゃない。もう一人の俺が体験したことを、俺は体験できない。少なくとも俺は、もう一人の俺とは別の人生を歩むことになる」

「たしかに、そういう意味では別人といえなくもないが、もう一人の健吾が並行して存在するわけじゃない。あくまで、この宇宙に健吾はおまえ一人だ」

健吾が、ぐっと宙を睨《にら》んでから、

「ま、どっちでもいいがな」

腕組みを解いて、テーブルに両肘《りょうひじ》を突く。

「なあ、アキラ」

ゆっくりと息を吸い込んで、

「念のために聞くが」

「またか」

健吾がなにをいうのかわかった。

「これを最後にする。だから、ほんとうに本当のことを答えてくれ」

上目遣いで僕を見る。

「おまえのいったことは、事実なんだな。すべて実際にあったことなんだな。これは手の込んだ冗談じゃないんだな」

僕も健吾の目を見据えて、

「嘘偽りなく、本当のことだ。信じられないとは思う。僕だってそうだった。でも、きょうリオさんに会って、残っていた最後の疑念が消えた。この宇宙には設計者が実在し、701を起こして人類を翻弄《ほんろう》し、時間をもどしてリセットした。すべて事実だ。そうでないとしたら、僕は完全に正気を失っていることになる。いますぐ僕を病院に連れて行け。それと、リオさんも」

健吾がなおも数秒、僕を見つめてから、長いため息とともに身体を起こし、天を仰いだ。

「まいったなあ」

「あ、帰ってきた」

神谷とリオさんが、笑顔でなにか話しながら、ピアッツァに入ってくる。その様子は、心を許し合った親友そのものだった。

＊

ＡＭＰＲＯからの帰りは、神谷春海に車で最寄り駅まで送ってもらい、再会を約束して別れた。彼女の純白の車を見送りながら、来てよかった、と心から思った。ようやく自分の両足が、この世界の大地に着いた感じがする。これで前を向ける。

車が見えなくなってから、莉央はスマホを手にした。

さしあたり、やるべきことが一つある。

『センキア会です』

「先日もお電話させていただきました。リオと申します」

『リオさん？……ああ、あのときの』

「もう一度だけ、ナツキさんに言付けをお願いします」

『前回も申し上げたとおり、ナツキはあなたのことを存じ上げないそうです。新人研修のご案内を――』

「お願いします」

莉央が静かに遮ると、気圧《けお》されたように沈黙した。

「こうお伝えください。いまでも超若旦那を聴いていますか、と」

『え、ちょう……？』

「超若旦那。一時期、高校生の間で人気のあった男性アイドルグループです。ナツキさんも大ファンだったはずです。きっと、いまも」

反応がない。迷っている。

「お願いします」

『……しばらく、お待ちください』

保留音が流れだした。

莉央は、自分の異様なまでの落ち着きぶりが不思議だった。この感覚、どこかで味わったことがあると思ったら、センキア会の本部会だ。あのときも〈光の人〉リオになりきり、躊躇《ちゅうちょ》なく大胆な行動に出たのだった。

『代わりました』

紛れもなくナツキの声。

「……ナツキさん」

懐かしさに胸が熱くなる。

『ごめんなさい。リオという名前に心当たりがないのですが、もしかして高校でいっしょだった方ですか』

「いえ。ナツキさんは、わたしには会ったことがないはずです」

『では、あなたはどうして……あのグループのことは、もう十年以上、だれとも話題にしたことがないのに』

警戒が声を硬くしている。

「話すと長くなります。会っていただけませんか。できれば池沢会長もごいっしょに」

『どういうおつもりなのか、わかりかねますが、会長は忙しい身なので』

「バーボンがお好きでしたよね」

ナツキが声を呑んだ。

池沢美鶴のバーボン好きは、ごく身近な者しか知らない。

「誓って他意はありません。わたしの話を聞いていただきたいだけです。とても重要なことです。その際、なぜわたしがナツキさんや池沢会長のプライベートなことまで知っているのか、すべてお話しします。その話の内容を信じるかどうかは、聞いてから決めてください」

終章　伝言

池沢美鶴は、目を瞑《つむ》ったまま、軽くうつむいている。考えごとに集中するときに、よくこうする姿を見た。たとえば、莉央が質問したときなどには、即答することはまずなく、必ず時間をかけ、じっくりと考えてから答えてくれた。だが、莉央が見慣れたその姿は、いつも病室のベッドの上にあった。

いま目の前にいる池沢美鶴は、しっとりと光沢のある白のスーツに身を包み、背筋を伸ばしてソファに座っている。彼女のスーツ姿を見るのが初めてなら、病室以外で会うのも初めてだった。しかも彼女がそこにいることで、室内のあらゆるものが明るく息づいているように感じられる。やはり池沢美鶴こそがこの部屋の主《あるじ》たるべき人だったのだと、あらためて思う。

センキア会本部ビルの会長室は、莉央にとっても八年間を過ごした懐かしい場所だ。広い窓。バーカウンター。プライベート空間に通じるドア。すべて記憶にあるとおり。最後の瞬間には、いま自分が座っているソファで、ナツキの肩を抱き寄せたのだった。

「作り話にしては、よくできています」

池沢美鶴が目を開けた。

「とくに、嘘《うそ》が人を救うこともあるというところなど、いかにもわたくしのいいそうなことね」

顔には微笑が浮かび、声も柔らかくなっている。

その様子を注意深く見守っているのが、傍らに立つナッキだ。莉央が到着したときには、一階の受付で出迎えてくれたナッキだが、当然のことながら表情は硬く、莉央を見る目にも猜疑《さいぎ》の光が強かった。ただ、この部屋で莉央が話す自分たちのエピソードを聞くうちに、戸惑いを見せはじめ、池沢美鶴の顔を不安げに窺《うかが》う場面が何度もあった。

「あなたのお話を信じたわけではありませんが、努力は認めましょう」

池沢美鶴の言葉に、ナッキも微《かす》かにうなずく。

「それで、あなたはなにをお望みなの。向こうの世界と同じように、次期会長に指名してほしいとでも?」

「とんでもない」

莉央は表情を変えずにいった。

「あちらでわたしが次期会長として受け入れられたのは、だれもが認める〈光の人〉だったからです。こちらでそんなことを口にしようものなら、どんな目で見られるか」

ゆっくりと息を吸う。

「わたしが長々とお話ししたのは、会長に一つだけお願いがあるからです。その願いを聞き届けてもらうには、わたしの言葉を信じていただく必要がありました」

「うかがいましょう。その願いとやらを」

「病院へ行ってください。できるだけ早く」

池沢美鶴の顔から、微笑が消えた。

「さきほどは触れませんでしたが、向こうでわたしが会長に初めてお会いした場所は、中央総合病院の病室です。そして、わたしは次期会長に指名されただけでなく、あなたの跡を継いで、実際に会長の職に就きました」

ナツキが真っ青になって目を剝《む》く。

「いまなら、まだ間に合うかもしれません」

莉央は腰を上げた。

「失礼します」

伝えるべきことは伝えた。あとは彼女の判断だ。


エレベーターを待っていると、ナツキが追いついてきた。

「見送りはよかったのに。ここはよく知ってるから」

「そういうわけには」

莉央は笑みを漏らす。

「そうね」

エレベーターのドアが開き、二人で乗り込む。

ナツキが一階のボタンを押す。

ドアが閉まり、ふっと身体《からだ》が軽くなる。

「それと、会長から、御礼《おれい》を伝えるよう、言付かって参りました」

「そう」

信じてくれたのか。

「わざわざありがとう」

そして莉央は、ナツキに顔を向け、託す思いでいった。

「必ず病院にお連れしてね」

ナツキが、その思いを受け止めるように莉央を見つめ返しながら、

「はい」

と答えた。

一階でエレベーターを下り、受付の前を通ってビルを出る。

「お見送り、ありがとう。それじゃ」

「あの」

ナツキが呼び止めた。

「向こうの世界のわたしは、あなたと超若旦那のライブに行ったのでしょうか」

莉央は向き直り、胸を張る。

「行きました」

「楽しかった、ですか」

「それはもう」

ナツキの顔に、沁《し》みるような笑みが広がる。

「また会いましょう。ナツキさん」
「はい……リオさま」

＊＊＊

莉央さんと会って701が現実にあったことを確信した僕は、その記憶が残っている意味をあらためて考えた。トルネード広場で莉央さんに話したように、〈神〉による次回のテストのときに（そんなものがあれば、だが）なんらかの役割を期待されている可能性もあるが、じつは大した意味などなく、たまたま消し忘れで残っただけかもしれない。だが、たとえ単なる偶然だったとしても、それを意味あるものに変えることはできる。

情報は、伝わるというプロセスによって、その真価を最も発揮する。僕の記憶にある情報も、人に伝えてこそ、価値を生むのではないか。そして伝えるには、記憶という曖昧《あいまい》なものから、秩序立った言葉に変換する必要がある。つまり、まとまった文章にして、記憶を記録に移行させるわけだ。莉央さんにも意見を求めたところ、文書化に賛成してくれたばかりか、莉央さんが記憶している内容も使っていいとまでいってくれた。こうなっては後には引けない。

というわけで僕はまず、自分の記憶にある出来事を時系列に沿って書き出し、そこに、莉央さんへのメール取材でわかった事実を重ね合わせたのだが、ここで早くも頓挫《とんざ》しかけた。収集した膨大で複雑な情報をどのような文章にまとめ上げればいいのか、見当も付かなかったからだ。そんなときに莉央さんから、物語風の小説にしてはどうかと提案があった。

僕は文学にそれほど造詣《ぞうけい》が深いわけでもないが、たしかに小説という形態は、客観的で正確な記述という点では学術論文に劣るものの、種々雑多な情報を内包できる柔軟性がある。莉央さんも、提案した手前、できるだけ協力すると約束してくれたこともあり、とりあえず試してみることにした（もちろん莉央さんは約束を守ってくれた）。

その結果が、本書である。


小説としての出来はともかく、僕たちが体験した特殊な事象について語るべきことは、ほぼ語り尽くせたと思う。

当然ながら、僕平城アキラを含め、神谷春海、春日井健吾、莉央、ナツキ、池沢美鶴、沢野博史、三塚佑、アレキサンダー・クラウスなど、ここまでの物語を構成した人物はすべて仮名である。以後の彼らの動向も僕は承知しているが、この場で言及することは控えたい。個人や団体を特定されてしまう恐れがあるからだ。天山大学やＡＭＰＲＯ、センキア会も同様で、特定できないよう、あえて実際と異なる描写を取り入れている。理由はおわかりいただけると思う。

また、時間がもどる前の出来事については、ほとんど記憶に頼っているため、必ずしも正確でない部分があることをお断りしておく。ただし、大きく外れてはいないはずだ。むしろ、小説としての臨場感を優先して、もちろん本筋に影響しない範囲でだが、あえて思い切った表現を用いた箇所もある。そこはご寛恕《かんじょ》を請いたい。

本書を書き上げつつある今、僕は頭の中で三人の読者を想定している。

一人目の読者は、僕や莉央さんと同じように701の記憶を残している人だ。おそらくそう多くはないだろうが（じゅうぶんに多ければSNSで話題にならないはずがない）、国内に限っても僕たち二人だけとは考えにくい。そういう人たちに、701は夢でも妄想でもなく、現実にあったことだと伝えたい。そして、その記憶を残しているのはあなた一人ではないと。だから「701」という日付だけは変えることなく、本文中でもそのまま使っている。

二人目の読者は、次の世代を生きる人だ。仮に〈神〉によるテストが再び行われるとしても、僕たちが生きている間にあるとは限らない。それでも、過去にこういうことがあったと知っていれば、〈神〉からのサインが現れたときに気づく人もいるはずだ。その人が、僕たちが担うかもしれなかったメディエーターの役割を果たしてくれるのならば、この記憶も無駄にはならないことになる。

そして三人目の読者は、僕たちと同じ時代に生きていて、701の記憶を残していない人。

つまり、あなただ。

僕がもう一つの可能性に気づかされたのは、例によって居室で健吾と話しているときだった。

「おまえのいう701って、ほんとうに終わったのか」

きっかけは、健吾がコーヒーを啜《すす》りながら放ったこの一言だ。

「どういう意味だ」

「アキラやリオさんに記憶が残っている以上、完全にリセットされたとはいえない」

「まあ、たしかに」

当初は僕の話をなかなか信じなかった健吾も、この頃《ころ》には、認めざるを得ないと諦《あきら》めていたようだ。そして彼は、いったん受け入れると頭の切り替えが早い。

「ということは、クラウス問題もキャンセルされたとは限らない。むしろ、まだ有効だと考えておいた方がいいんじゃないか」

このとき、ぞっとするものが背筋を走ったのを覚えている。健吾のいうとおりだとすれば、時間がもどっただけで、デッドラインは動いていない。十一年後に宇宙消滅というシナリオには変更がないことになる。

「さらにいえば、こういうことも初めてじゃないのかもしれない」

「こういうこと？」

「時間がもどることだ」

健吾は平然と続けた。

「人類が〈神〉の満足する解答にたどり着くまで、延々と同じ時間が繰り返されてきたとしても、矛盾はない。ぐるぐると時間がループしても、おまえのように記憶が残っていないかぎり、俺たちには気づきようがないからな。この場合、宇宙消滅というのは単なる脅しか、あるいは、ループできる回数に上限があって、それを使い果たしたらほんとうに終わりになるのか。あ、もしかしたら、このループ構造に気づくことが、クラウス問題の正解だったりしてな」

たしか前の世界で神谷春海もいっていた。〈自分たちの限界に対して正しく自覚的であること〉がクラウス問題の正解たり得るのではないかと。自分の置かれた状況をメタ的な視点から理解するという意味では、健吾の説にも通じるものがある。ただ、これで直ちに問題クリアとするには、判断材料が乏しすぎる。

僕は、ループ構造云々《うんぬん》はともかく、この健吾の仮説（以下、春日井仮説）の、クラウス問題がキャンセルされていないという部分は、真剣に受け止める必要がある、と感じた。春日井仮説が正しいとすれば、次世代などと悠長なことはいっていられない。たしかに７０１に繋《つな》がる事象は起きていないが、それは７０１のような方法では奏功しなかったからと考えることもできる。〈神〉が人類とのコンタクトの手段を模索しているのなら、次は７０１とは異なるものになると想定するほうが自然だ。そしてふたたび、なんらかの通告を突きつけてくる。それがクラウス問題と同一か、別の形を取るかは、わからない。どちらにせよ、すでにサインが送られてきているとしても、おかしくはない。


そこで、あなたにお願いがある。

もしあなたの周辺に〈神〉からのサインらしきものが現れたら、〈７０１クラウス問題〉という言葉を使って（ＳＮＳならばハッシュタグを付けて）、ネットに発信してもらえないだろうか。僕があなたの報告を必ず見つける。

もちろん僕には、アレキサンダー・クラウスのような知名度も影響力もない。仮に兆候を捉《とら》えたとしても、クラウス実験のようなスケールの大きなイベントは実行できそうにない。しかし、なにか手があるはずだ。それをいま、春日井健吾、神谷春海、そして莉央さんの意見を聞きながら検討している。

いつになるのか、どのような形になるのか、わからない。春日井仮説が正しいという保証もない。だが、もしサインが確認できたら、そして、クラウス実験に相当するイベントの準備が整ったら、なんらかの方法であなたに報《しら》せる。その時は、どうか力を貸してほしい。

わかっている。

あなたには、まだ信じられないのだろう。

無理もないと思う。記憶を残していない人にとっては、701など、非現実的な妄想でしかないのだから。十次元時空にいる宇宙の設計者についても、現時点では、実在するという以外に、はっきりとしたことはなにもいえない。なにが進行しているのかも定かではない。事態は依然として混沌《こんとん》としたままだ。

しかし、これだけは断言できる。

あなたは間違いなく、701の起きた世界を体験している。

真っ白になった空をその目で見ているかもしれないし、その瞬間、ショックで口が利けなくなったかもしれない。神の目を恐れて精神的に不安定になった時期があったかもしれないし、新興宗教に駆け込んだかもしれない。二回目の７０１のとき、天山大学のキャンパスに殺到した人々の中の一人が、あなただったかもしれないのだ。そうでなくとも、ネットに〈光の人〉として流れた莉央さんの映像は、おそらく見ているはずだ。

神の実在が確定した世の中で、あなたはどのような毎日を過ごしたのだろう。莉央さんとナツキのように、７０１がなければまず知り合うことのなかった人と出会い、友情や愛情を育《はぐく》んでいただろうか。神谷春海のように、それまでの生活を捨て、なにかを求めて旅に出ただろうか。思いがけない別れに涙したこともあっただろう。十一年間だ。縁起でもないのを承知でいうが、池沢美鶴のように、途中で亡くなっていた可能性だってある。

７０１が人々の心理に与えた影響は大きく、日々の行動や判断を変えるだけのインパクトがあった。ましてや宇宙消滅の脅威は、たとえあなたが信じなくとも、あなたを取りまく社会を変容させずにはおかない。そんな中で、あなただけが、それまでとまったく同じように暮らすことは不可能だ。

その７０１がないこの世界では、あなたの人生もまた、違ったものにならざるを得ない。７０１の世界であなたが歩んだ人生を、あなたが知ることは永遠にないだろう。

それでも、あなたは、たしかに生きたのだ。

もう一つの世界を。

もう一つの人生を。

いまはもう、存在しない時間の中で。

参考文献

『数理科学』2021年1月号〈特集・時空概念と物理学の発展　一般相対性理論から時空創発へ〉サイエンス社
『別冊日経サイエンス229　量子宇宙　ホーキングから最新理論まで』日経サイエンス社
『ニュートン別冊　次元のすべて　私たちの世界は何次元なのか？』ニュートンプレス
『ニュートン別冊　超ひも理論と宇宙のすべてを支配する数式』ニュートンプレス
『量子系のエンタングルメントと幾何学　ホログラフィー原理に基づく異分野横断の数理』松枝宏明　森北出版
『宇宙と宇宙をつなぐ数学　ＩＵＴ理論の衝撃』加藤文元　角川書店
『数学の大統一に挑む』エドワード・フレンケル著・青木薫訳　文藝春秋
『〈数理を愉しむ〉シリーズ　神は数学者か？　数学の不可思議な歴史』マリオ・リヴィオ著・千葉敏生訳　ハヤカワ文庫ＮＦ
『日本の10大新宗教』島田裕巳　幻冬舎新書
『宗教消滅　資本主義は宗教と心中する』島田裕巳　ＳＢ新書
『量子の海、ディラックの深淵　天才物理学者の華々しき業績と寡黙なる生涯』グレアム・ファーメロ著・吉田三知世訳　早川書房

『量子革命　アインシュタインとボーア、偉大なる頭脳の激突』マンジット・クマール著・青木薫訳　新潮文庫
『宇宙が始まる前には何があったのか?』ローレンス・クラウス著・青木薫訳　文藝春秋
『予言がはずれるとき　この世の破滅を予知した現代のある集団を解明する』L・フェスティンガー、H・W・リーケン、S・シャクター著・水野博介訳　勁草書房

本書は書き下ろしです。

著者略歴

山田宗樹（やまだ・むねき）
1965年愛知県生まれ。筑波大学大学院農学研究科修士課程修了後、製薬会社で農薬の研究開発に従事した後、『直線の死角』で第18回横溝正史ミステリ大賞を受賞し作家デビュー。2006年に『嫌われ松子の一生』が映画、ドラマ化され話題となる。2013年『百年法』で第66回日本推理作家協会賞（長編および連作短編集部門）を受賞。著書に映像化された『天使の代理人』『黒い春』などのほか、『ジバク』『ギフテッド』『代体』『きっと誰かが祈ってる』『人類滅亡小説』『SIGNAL　シグナル』など多数。

Kadokawa Haruki Corporation

山田 宗樹

存在《そんざい》しない時間《じかん》の中《なか》で

*

2021年8月18日第一刷発行

発行者 角川春樹
発行所 株式会社 角川春樹事務所
〒102-0074 東京都千代田区九段南2-1-30 イタリア文化会館ビル
電話03-3263-5881（営業） 03-3263-5247（編集）
印刷・製本 中央精版印刷株式会社

ISBN978-4-7584-1390-9 C0093
http://www.kadokawaharuki.co.jp/